KB114740

현대 마도학자

네르가시아 장편 소설

FUSION FANTASTIC STORY

THE MODERN MAGICAL SCHOLAR

현대 마도학자 15

네르가시아 장편 소설

초판 1쇄 찍은 날 § 2015년 9월 18일
초판 1쇄 펴낸 날 § 2015년 9월 25일

지은이 § 네르가시아
펴낸이 § 서경석

편집책임 § 이재림

펴낸곳 § 도서출판 청어람
등록번호 § 제387-1999-000006호
등록일자 § 1999. 5. 31
어람번호 § 제1-2238호

주소 § 경기도 부천시 원미구 부일로 483번길 40 서경B/D 3F (우) 420-822
전화 § 032-656-4452 팩스 § 032-656-4453
http://www.chungeoram.com
E-mail § chungeorambook@daum.net

ⓒ 네르가시아, 2014

ISBN 979-11-04-90421-9 04810
ISBN 979-11-316-9243-1 (세트)

현대 마도학자

네르가시아 장편 소설

FUSION FANTASTIC STORY

THE MODERN MAGICAL SCHOLAR

15

[완결]

현대 마도학자

THE MODERN
MAGICAL
SCHOLAR

CONTENTS

1장

희망의 불씨를 살리다

이른 오후, 군사도시 평양에서 연합군 회의가 열렸다.

오늘의 안건은 바로 언데드에 대한 연합군의 총 반격으로 마도병단과 드래곤들이 작전에 참여하기로 했다.

군 사령탑에 다시 복귀한 화수는 군대를 재편성하고 가장 먼저 러시아 서부지역부터 차례대로 수복하기로 했다.

"현 병력은 대략 60만, 여기서 가용 가능한 병력은 대략 20만 정도입니다. 하지만 마도병단과 드래곤이 함께한다면 병력의 공백은 그리 크지 않을 겁니다."

화수는 오로지 마도병단과 드래곤 중심으로 작전을 구상

했는데, 이는 다른 사람들의 의문을 불러왔다.

"3만 6천의 군대는 그리 적은 숫자가 아닙니다. 하지만 이 전쟁을 끝낼 수 있는 숫자도 아니지요."

제5군의 사령관 제이슨 버필드는 화수의 곁에 서 있는 카미엘과 레비로스를 바라보며 물었다.

"한 번 물어보겠습니다. 당신들은 총을 한 번이라도 잡아본 적이 있습니까?"

"총이라… 실제로 그런 무기는 다뤄본 적이 없소."

"그럼에도 불구하고 저 엄청난 수의 시체를 상대하겠다는 말입니까? 더군다나……."

카미엘은 군마 체이서를 곁에 두고 있었는데, 그의 주무기는 여전히 레이피어였다.

또한, 레비로스는 도저히 사람이 휘두를 수 없을 것 같은 대검을 들고 있었으니, 제이슨 버필드가 보기엔 어처구니가 없을 수밖에 없었던 것이다.

하지만 백문이 불여일견, 화수는 그들의 이런 의구심들을 단 한 방에 잠재우기로 결심하고 입을 열었다.

"좋습니다. 그렇게 의심이 많다면 딱 한 번, 전투를 치러본 후에 작전에 영구투입 할지 말지를 결정합시다."

"흠……."

사실 마도병단과 드래곤들이 없다면 인간들의 세상은 끝

장이 날 것이다.

만약 이들이 없다면 지구는 더 이상의 앞길을 보장할 수 없게 될 테지만, 지구의 주인들이 이 상황에 대해 납득하는 것도 중요하다.

화수는 앞으로 자신이 살아가야 할 지구를 더 이상 분열시키지 않도록 최대한 노력하고 있었던 것이다.

"아무튼 예정대로 작전은 다음 날 새벽에 시작될 겁니다. 전투는 총력전, 가용 가능한 인원들은 전부 다 동원합니다."

"예, 알겠습니다."

"또한, 우리가 진격하고 나면 곧바로 사체를 불태우고 건물을 정리할 인력들도 확보하십시오."

"그 점에 대해선 이미 준비를 마쳤습니다. 명령만 내려주십시오."

그는 고개를 끄덕인다.

"좋습니다. 이제부턴 우리가 저들에게 뜨거운 맛을 보여주는 겁니다."

마도병단과 드래곤들은 이 전쟁이 반드시 승리로 끝날 것임을 확신하고 있었으나, 인간들은 전혀 그렇게 생각하지 않았다.

하지만 이미 주사위는 던져졌고, 이제 그들은 끝을 향해 진격할 일만 남은 셈이었다.

　　　　　*　　　*　　　*

　새벽 3시.

　40만의 상비군이 전투기와 전함 등을 정비하여 전투태세를 확립시켰다.

　화수는 사령선인 백야함에 올라 있었고, 카미엘과 레비로스는 마도병단과 드래곤들을 이끌고 진격 준비를 했다.

　아나베르스는 카미엘과 함께 최선두에 서서 군대를 총 지휘하게 될 것이다.

　전투에 앞서 본체로 현신한 드래곤들, 그들을 바라보는 인간군의 표정은 놀라움과 두려움이 섞여 있었다.

　"요, 용……!"

　"저들이 만약 우리를 배신하면 어떻게 되는 거지……?"

　인간군은 처음 보는 종족의 출현에 조금은 불안한 기색을 보이는 것 같았다.

　아나베르스는 전차 위에 올라 걱정을 늘어놓고 있는 병사들에게 다가가 말했다.

　"우리가 그대들을 배신할 일은 절대로 없다. 우리는 극의 지성체, 절대로 정의에 어긋나는 짓은 하지 않는다. 나의 심장을 걸고 약속하지."

"그, 그렇군요……."

"그대와 나는 전우다. 전우를 믿지 못하면 전쟁에서 승리할 수 없다. 나를 믿어라, 그리고 나를 따르는 우리 종족을 믿어라. 그리한다면 우리는 반드시 승리할 것이다."

"아, 알겠습니다!"

그의 차분한 어조에 인간의 군대는 아주 편안하면서도 끈끈한 신뢰를 느낄 수 있었다.

이제 한 번의 전투만 치르면 인간들은 더 이상 의구심을 갖지 않을 것이다.

챙!

화수는 검을 뽑아들었고, 아나베르스는 힘차게 땅을 박찼다.

―쿠오오오오오!

"진군하라!"

"와아아아아아!"

3만의 마도병단은 카미엘을 따라 말을 몰았고, 그 뒤를 따라서 드래곤들이 하나둘 날갯짓을 시작했다.

인간과 언데들의 경계는 단 1㎞.

이미 기지를 나서면서부터 사실상 전투는 시작된 것이나 마찬가지였다.

카미엘은 군마 체이서를 타고 달리며 자신의 레이피어에

마력을 집중시켰다.

우우우우우우웅!

그리곤 이내 레이피어에 라이트닝 스톰을 캐스팅하여 이제 곧 튀어나올 언데드 군대에 대비했다.

"긴장해라! 언제 어디서 놈들이 튀어나올지 알 수가 없다!"

"예!"

계속되는 진군, 인간들은 전투기를 타고 날아다니며 전방수색을 계속했다.

―여기는 항공 1사단 전투비행대대, 아직까지 적들의 모습은 보이지 않는다.

―입감. 계속해서 전방을 주시하라.

―양호.

그야말로 폭풍 전야. 카미엘은 이렇게 조용한 가운데 어마어마한 전투가 곧 벌어진다는 것을 잘 알고 있었다.

"온다… 놈들이 거의 다 왔어."

전투가 벌어지기 전에 찾아오는 일말의 긴장감은 언제나 병사들을 움츠러들게 한다.

하지만 그때마다 카미엘은 병사들에게 자기는 천하무적이며, 그를 따르는 병사들 역시 일당백이라고 말하며 사기를 고취시켰다.

"우리는 반드시 승리한다! 나를 따르라!"

"와아아아아!"

"카미엘 만세!"

병사들의 사기는 점점 더 고조되고 있었고, 드디어 그들의 앞에 언데드 군대가 모습을 드러냈다.

"끼헤에에에에엑!"

—샤샤샤샤샤샤샥!

도무지 그 끝을 알 수 없을 정도로 길게 늘어선 좀비무리와 셀롭, 그리고 그 위에는 하늘을 까맣게 덮은 가고일과 키메라들은 일말의 햇빛마저 차단시킬 정도였다.

"적이 나타났다! 전군, 돌격대형으로!"

"충!"

카미엘이 쐐기 모양으로 진형을 바꾸자 드래곤들이 일제히 브레스를 내뿜었다.

"브레스를 발사하라!"

—크아아아아아아앙!

형형색색의 브레스가 전방으로 쏘아져 나가자, 주변의 기류는 싸늘하게 얼어붙거나 불에 타 공백을 만들어내는 등의 기이 현상을 만들어냈다.

6천의 드래곤이 만들어낸 브레스는 공간의 왜곡을 일으키며 공중과 지상의 적들을 단숨에 정리해 버렸다.

화르르르르륵!

―끼에에에엑!

"돌격!"

"와아아아아아!"

퍽퍽퍽퍽!

드래곤들이 뚫어놓은 길목을 따라서 마도병단은 쐐기 진형을 유지하며 돌격했고, 카미엘은 그 좌전방과 후방으로 라이트닝 스톰을 난사했다.

"죽어라!"

촤자자자자장!

카미엘의 검을 떠나간 마나의 응축체는 하늘에 먹구름을 만들어냈고, 그 먹구름에서는 낙뢰가 비처럼 떨어져 내렸다.

퍽퍽퍽!

"크헤에에엑!"

마른하늘의 소나기처럼 쏟아지는 낙뢰에 맞은 좀비들은 그 즉시 힘을 잃고 무너져 내렸다.

그리고 카미엘은 그 잔해를 그대로 밟고 넘으며 사정없이 언데드들을 베었다.

"죽여라! 죽이고 또 죽여라! 그것이 우리의 사명이다!"

"장군님께 영광을!"

촤라라락!

카미엘의 검이 닿는 즉시 언데드는 기이한 색의 피를 토하며 죽어나갔고, 마도병단 역시 일격에 10마리가 넘는 몬스터를 도륙하며 전진했다.

한 사람당 1초에 10마리씩, 그러니까 30만의 몬스터들이 죽어나가는데 걸리는 시간은 불과 눈을 감았다 뜰 정도로 짧았다.

공중에서 나름대로 몬스터들을 요격하며 진격하던 인간의 군대는 그 광경을 바라보며 연신 감탄사를 연발했다.

"이, 이것이 바로……!"

─전방에 적군의 병력이 눈에 띄게 줄었다! 이제 곧 제1구역을 탈환할 수 있을 것으로 보인다!

인간군대는 하얼빈을 빼앗기면서 극심한 타격을 받았는데, 이곳에 모든 훈련 시설이 집중되어 있었기 때문이었다.

하지만 이제는 다시 이곳을 탈환하게 되었으니, 연합군에게는 그 의미가 상당히 크다고 할 수 있었다.

카미엘은 전방으로 파이어 스톰을 난사하며 병사들의 사기를 고무시켰다.

"멈추지 마라! 이대로 몬스터가 더 이상 보이지 않을 때까지 진군하는 거다!"

"와아아아아!"

속절없이 죽어나가는 언데드들, 카미엘은 더 이상 사상자가 발생하지 않도록 최선을 다하여 살상을 이어나갔다.

＊　　＊　　＊

카미엘과 아나베르스가 이끄는 돌격대는 다싱안링지구까지 진격하여 베이스캠프를 만들었고, 병사들은 그 주변으로 수색을 펼쳐 남은 언데드들의 잔당을 처치했다.

화수는 이곳으로 마도학 중장비들을 보급하여 남은 사체를 소각시키고 생산을 지속하고 있는 언데드들의 건물을 파괴했다.

─제4구역 섬멸 작전을 시작한다. 주변에 있는 병력은 신속히 피신할 수 있도록.

─입감.

병력이 피신한 것을 확인한 해군은 강을 타고 들어와 이지스전함의 포격사거리를 확보한 후 표적에 무차별 사격을 실시했다.

─발사!

펑펑펑펑펑!

한 척에 100문이 넘는 함포가 달린 전함들이 떼로 포격을 시작하자, 언데드들의 기반 시설은 순식간에 무너져 내리기 시작했다.

샤넬리아는 마도학자들과 함께 그 현장으로 직접 들어가

콜로니를 관장하는 것으로 알려진 고위 마족들을 찾아내 직접 사살하는 역할을 맡았다.

"좀비 로드다! 저놈을 잡아!"

"크헉, 크허어억!"

온몸이 모두 사체로 이뤄진 좀비 로드는 중국 남부와 러시아 일대를 관장하는 초대형 콜로니의 지배자였다.

놈을 제거하게 되면 러시아를 비롯한 아시아지역은 언데드의 지배에서 벗어날 수 있을 것이다.

베네노아는 마나코어가 장착된 마나융합 저격총으로 도망치는 좀비 로드의 머리를 조준했다.

"후우……."

사정거리 25㎞의 초대형 저격총을 들고 엎드려쏴 자세를 취한 베네노아가 한 차례 심호흡을 했다.

그리고 잠시 후, 그는 아주 침착하게 격발을 시도했다.

콰앙!

피융!

마치 대포가 발사되는 듯한 강렬한 발사음이 들리고, 10㎞ 넘게 떨어져 있던 좀비 로드의 머리에 35㎜ 탄환이 정확하게 안착했다.

서걱!

"끄웨에엑!"

"잡았다!"

샤넬리아는 차를 타고 그를 추격하다가 이내 파이어볼을 난사했다.

"파이어볼!"

화르르르르륵!

좀비 로드는 머리가 날아가버린 후에도 계속해서 꿈틀거렸는데, 샤넬리아는 그런 좀비 로드를 불태워 다시는 자리에서 일어서지 못하도록 했다.

그러자, 좀비 로드는 몸에 불이 붙은 채로 고통에 몸부림쳤다.

"끄웨엑, 꾸에에에엑!"

"추악한 놈, 그 더러운 야욕은 이제 더 이상 고개를 들지 못할 것이다."

이 땅에 가장 처음 좀비바이러스를 퍼뜨리고 세상을 쓰레기장으로 만든 장본인이 드디어 눈을 감는 순간이었다.

콜로니가 무너져 내리고 난 후엔 바닥에 남은 오염 물질을 제거하고 원래 모습의 토양이 자리 잡도록 하는 작업이 이어졌다.

샤넬리아는 일반적인 포크레인에 비해 무려 세 배나 큰 크레인을 2만 대가량 투입시켜 밤낮으로 작업하도록 지시했다.

이번 작업에는 전투를 치르지 않는 민간인들이 동원되었으며, 중장비 자격증이 없어도 그냥 기계만 다룰 줄 알면 전부 포크레인 운전대를 잡도록 했다.

또한, 오염된 토양을 걷어내고 난 후엔 전투에서 제외된 여자들이 직접 땅을 경작하여 밭을 일구었다.

힘과 효율 면에서 남자들의 작업이 훨씬 빠를 테지만, 지금 남자들은 전부 전투와 중장비 조작에 투입되었기 때문에 내린 결정이었다.

찬미는 경작지역을 돌면서 씨앗과 농약 등을 지급해 주고 있었는데, 그녀가 본 사람들의 표정은 환희로 가득 차 있었다.

따르르르릉!

"휴식시간입니다! 모두 쉬었다가 하시죠!"

"네!"

감독관이 그녀들을 휴식용 막사로 불러들였고, 비지땀을 흘리던 인부들이 하나둘씩 모여들었다.

그녀들은 후방 지휘소에서 만든 새참을 나누어 먹으며 웃음꽃을 피우기 시작했다.

"깔깔깔!"

"언니들, 너무 일을 열심히 하는 것 아닌가요? 이러다가 허리가 굽겠어요!"

"뭐 어때? 밥을 굶어서 허리가 휘어지는 것보다는 낫겠지."

실제로 카미엘이 이곳으로 오기 전까지는 기아로 인하여 허리가 휘거나 팔이 돌아가는 증상이 아주 많았다.

영양 공급이 제대로 이뤄지지 않아 기형아가 출산되는 것은 물론이요, 멀쩡한 어른들도 이런 기이 현상을 경험할 정도로 흔했다.

사람들은 이 현상을 두고 '허리가 휜다'라고 말했고, 이는 가난함을 대변하는 또 하나의 대명사가 되어버렸다.

그런 그녀들에게 농사의 기쁨이란 이루 말로 표현할 수 없을 정도로 대단한 것이었다.

지금 심는 곡식은 카미엘이 개발했던 마나융합 농업용수를 이용해 급속도로 키워내 전 세계에 배급하게 될 예정이다.

그 이후엔 각자의 땅을 배정받아 열심히 경작하여 새로운 터전을 갈고 닦게 되는 것이다.

지금 세계는 국경이 없어지고 인종의 차별, 빈부격차가 해소되어 전례 없던 새로운 세상이 도래하게 되었다.

이상론자나 몽상가들이나 꿈꾸었던 진정한 평등의 세계가 비로소 실현되고 있었던 것이다.

재능이 있는 사람은 그 재능을 사회에 환원하고, 재능이 없는 사람은 그 나름대로의 노동력을 제공하여 사회를 다시 이

룩하는 과정이 반복되었고, 이대로 가다 보면 오히려 더 살기
좋은 세상이 될지도 모를 일이었다.

＊　　　＊　　　＊

러시아 동부지역, 카미엘과 마도병단은 레나강 유역에 위
치하고 있던 전선을 회복시켰고, 그 주변의 언데드들을 말살
했다.

그 과정에서 카미엘은 아주 특이한 광경을 목격하게 되었
는데, 그것은 바로 인간과 언데드의 혼혈종이었다.

카미엘은 미르닌스키 지역의 도시 미르니를 장악하면서
인간과 비슷한 정도의 지성을 가진 언데들을 만날 수 있었다.

그들은 성인 남성의 육체에 두 살 아이 정도의 지능을 가진
반 저능아였다.

거의 모든 것을 본능에 의존하고 있긴 했으나 인간 특유의
행동과 습성 등을 그대로 간직하고 있었다.

"바, 밥… 배, 배고프다……!"

"도대체 이런 놈들이 어떻게 태어나게 된 것이지……?"

상당히 불편한 표정의 카미엘에게 아나베르스가 씁쓸한
투로 답한다.

"아마도 털끝만큼의 본능이 남았던 언데드들이 인간 여자

들을 겁탈하여 태어난 존재들이 아니겠나? 그것이 아니라면 언데드들을 인간 남자들이 겁탈했거나."

"서, 설마……."

"그렇지 않고선 이 모든 것을 설명할 수는 없다네."

"하지만 아무리 인간형 몬스터라곤 해도 사람이 겁간을 시도한다는 것은……."

"아주 불가능한 얘기도 아닐세. 한때 인간 중에서는 양을 강간하는, 즉 수간을 하는 사람이 심심치 않게 있었지 않았나? 아마 이 일도 그런 말도 안 되는 일의 일환이 아닐까 싶네. 만약 그게 아니라면 고위 마족들의 장난으로 인간 여자에게서 언데드가 잉태된 것이거나."

"흠……."

"뭐, 내가 볼 때엔 후자가 더 신빙성이 있어 보이긴 하네. 고위 마족이던 그저 덜 죽은 좀비이던 인간이 사체를 겁간하는 것보다는 훨씬 그럴싸해 보이니까."

"…양쪽 어떤 것도 그리 썩 유쾌한 추론은 아닌 것 같군요."

"때론 가까이 하기 싫을 정도로 불편한 사실도 있게 마련이라네. 지금이 딱 그러하다고 볼 수 있지."

카미엘은 지금까지 아주 많은 종류의 인간들을 보아 왔고, 또한 아주 많은 사람들을 죽여 왔다.

때론 누군가를 살려준 경우도 있었고, 루야나드가 발전하는데 지대한 공을 세우기도 했다.

그런 그에게 경험이란 상당히 중요한 것이었으나, 이런 경험은 언제나 썩 유쾌하지가 않았다.

레비로스는 반쪽짜리 언데드를 죽이는 것은 옳지 않다고 주장했다.

"하지만 그럼에도 불구하고 무작정 죽일 수는 없는 노릇이야."

"저놈들을 그냥 살려두자고?"

"잘못한 것은 저들을 낳은 사람들이지, 저 반쪽짜리 언데드의 존재 자체는 아니니까."

"흠……."

"이 세상엔 때론 원치 않는 탄생을 경험하는 사람들도 있지 않나? 이런 하프 언데드들이 얼마나 많을지 알 수는 없으나, 그들을 보이는 족족 죽이면 우리는 지구를 구하기 위한 것이 아니라 살인을 하기 위해 언데드를 죽이는 것이지 않을까?"

카미엘은 결단을 내릴 수가 없었다.

"나는 잘 모르겠어. 지구의 주인은 우리가 아니니 이곳의 원주민들에게 맡기는 편이 어떠하겠나?"

"그것도 나쁘지는 않겠군."

아나베르스는 두 사람의 결정에 힘을 보태줬다.

"인간의 주권은 그 어떤 누구도 빼앗을 수 없는 것이라네. 이 자리에서 이자들을 사살하지 않는 것은 인간의 존엄성에 대해 다시 생각하는 일이 될 것일세."

"예, 로드."

"하지만 아주 작은 위협이나마 존재하긴 할 것이니, 수갑을 채우거나 발에 족쇄를 채우는 것쯤은 해주어야겠지?"

"그렇게 하겠습니다."

카미엘은 무전기로 화수를 불러내 수갑을 준비시켰다.

그리곤 하프 언데드들에게 식사를 제공하고 목숨이 끊어지지 않도록 관리할 것을 지시했다. 하지만 화수는 그들에게서 일말의 거부감을 느낀 듯했다.

"이들이 만약 돌변해서 우리를 공격하면 어쩝니까?"

"그때엔 하는 수 없이 최후의 수단을 사용하는 수밖에 없지. 하지만 그럴 일이 일어나지는 않을 걸세."

아나베스르는 화수를 조용히 다독였고, 그는 이내 하프 언데드들을 데리고 백야함으로 향한다.

"로드께서 그리 말씀하시니 일단 데리고는 가겠습니다. 하지만 병사들의 행동을 제약하긴 힘들 것 같습니다."

"전쟁으로 인하여 생긴 폐해일세. 한번 잘 생각해 보게."

"예, 알겠습니다."

전쟁은 언제나 뼈아픈 잔상을 남기곤 한다.

아마도 아나베르스는 이 뼈아픈 잔상까지 안고 가야 할 화수에게 더 나은 리더십을 길러주고 싶었을 것이다.

화수는 진짜 화합을 이뤄낼 수 있는 그릇이었으니, 그에게 실망감을 안겨다 줄 일은 없을 터였다.

*   *   *

미국령 알레스카 베링 랜드 브릿지 보호구역, 이곳은 원래 1만 5천 년 전의 생태계를 보존하기 위해 만들어진 미국의 국립공원이었다.

수려한 자연경관은 물론이고 원시의 생태계가 잘 보존되어 있어 살아 있는 화석의 보고라고도 불리곤 했다.

하지만 현재 이곳은 언데드들의 벌목장 및 채석장으로 쓰이면서 그 생태를 완전히 잃어버리고 말았다.

"적의 심장부가 코앞이다! 전군, 돌격!"

"와아아아아아!"

카미엘과 마도병단은 베링 랜드에 있는 언데드의 제4 콜로니를 정리하기 위해 진격을 거듭하고 있었다.

드넓은 초원위에 세워진 언데드들의 콜로니는 암흑 빛 대지로 변해 있었는데, 그 위로 해괴망측한 괴수들이 득실거리고 있었다.

마도병단은 학익진을 펼쳐 500만의 언데드를 처치했는데, 그중에는 인간에게서 비롯되지 않은 자연 상태의 몬스터들도 있었다.

그러니까, 이들은 차원의 문을 열었을 때부터 초대형 몬스터들을 조련시켜왔다는 소리였다.

만약 레비로스가 조금만 더 늦게 정신을 차렸더라면 이 세계는 진즉에 멸망하고도 남았을 것이었다.

쐐에에에에엥!

미카엘의 대검을 든 레비로스가 낮게 저공 비행하며 몬스터들을 도륙 냈다.

"허업!"

퍼버버버벅!

그의 검이 만들어낸 신성력의 파동이 몬스터들을 단 일격에 잠재워 버렸는데, 그의 검이 스친 곳에는 백색 불길이 일어나고 있었다.

레비로스의 신성력은 언데드에겐 휘발유와 같은 것이라서, 몸에 한 번이라도 달라붙으면 악의 근원이 소멸될 때까지 불길을 일으킨다.

때문에 언데드의 피가 묻은 곳에 레비로스가 검을 휘두르면 이와 같이 흰색 불길이 일어나게 마련이다.

그런 면에서 비춰보았을 때, 아무래도 이 몬스터들은 언데드의 피를 머금은 하프블러드인 것 같았다.

이틀 만에 알레스카지역을 점령한 카미엘은 이곳에 연합군 군대를 상륙시키고 진을 치기로 했다.

"이곳에 철책을 치고 사체를 처리하도록 하게. 그 이후엔 다시 땅을 경작할 준비를 서두르고."

"예, 알겠습니다."

카미엘은 화수에게 그렇게 지시하곤 아직도 숨이 살짝 붙어 있는 몬스터 중 한 마리에게 다가갔다.

"크르르르릉…."

"묘하게 생겼군."

언데드의 피가 섞인 몬스터는 눈동자가 회색이었는데, 마치 눈에 흰자위밖에 남아 있지 않는 것 같았다.

하지만 자세히 보면 홍채가 또렷하게 살아 있어 이들이 죽지 않고 살아 있다는 것을 반증하고 있었다.

그럼에도 불구하고 이들은 언데드 특유의 엄청난 공격성을 그대로 가지고 있었다.

아마도 이 키메라들은 언데드들이 짙은 공격성을 띠도록 일부러 맞춤형 진화를 한 것 같았다.

"대단하군. 원하는 대로 진화를 한다?"

아나베르스는 언데드들의 기술력이 인간의 상상 그 이상

일 것이라고 생각한다.

"이들은 서로를 잡아먹으며 진정한 강자를 만들어내는 것 같아. 그래서 누더기 좀비가 그렇게 큰 덩치를 가질 수 있었던 거야."

"한마디로 저들은 서로를 잡아먹으며 강해져 왔다는 소리군요."

"그래, 아마도 저들은 스스로 약육강식을 자처하여 지금의 강성한 종족을 만들었겠지. 종족이 살아남기 위해선 강한 자들만 살아남는 편이 좋을 테니까."

죽은 몬스터들의 뱃속에선 동족의 시체가 들어 있는 경우도 있었는데, 아무래도 이들은 동족을 잡아먹고 난 후의 양분으로 원하는 만큼 진화하는 것 같았다.

"대단한 종족이군요. 이런 식으로 종을 보존하려 하다니 말입니다."

"아마 다른 종족이었다고 해도 똑같은 방식을 선택하지 않았을까? 인간들은 때론 서로를 잡아먹으면서 성장하지 않나? 자네들의 전쟁처럼 말이야."

"…그렇군요."

카미엘은 지금까지 서로를 죽이고 잡아먹는 현장에서 살아왔던 사람이다.

아마 아나베르스보다 카미엘이 훨씬 더 이 분야에 대해 정통할지도 모를 일이다.

그는 조금 멍해진 카미엘에게 말했다.

"가지. 아직도 갈 길이 멀잖나."

"예, 로드."

이내 카미엘은 전장을 수습한 후, 곧장 진격을 이어나간다.

＊　　　＊　　　＊

캐나다 로키산맥에서 발원하여 알래스카를 거친 후, 베링 해로 흘러드는 유콘 강은 길이가 무려 3,000㎞가 넘는 엄청난 길이의 강이다.

카미엘은 이곳 유역을 따라서 진군을 이어나가고 있었는데, 황폐화 된 유콘 강의 지류는 거무튀튀한 암흑 천지였다.

이곳은 물속에 거대한 부화장이 들어 있었는데, 아마도 이 엄청난 양의 알이 새로운 종류의 몬스터들로 부화하고, 변태하는 것 같았다.

그리고 유콘 강의 4대 지류는 부화한 몬스터들이 다시 촌각을 다투며 서로를 잡아먹는 살육의 장소로 사용되었다.

즉 이곳은 엄청난 양의 몬스터들을 양산하고, 그 안에서 가장 강한 놈만 살아남게 되고, 그놈들이 다시 교배하여 우수한 유전자가 새로운 종을 만들어내는 거대 실험실과 같은 곳이었다.

카미엘은 강물을 따라 이어진 부화장을 모두 폭파하고 이곳에 남아 있던 알들을 전부 파괴해 버렸다.

"라이트닝 어스퀘이크!"

콰앙!

9서클에 해당하는 라이트닝 어스퀘이크는 거대한 도시 하나를 날려버릴 수 있을 정도로 엄청난 지진을 일으키는 동시에 지층에 축적되어 있던 스파크를 지상으로 이끌어내는 마법이다.

라이트닝 어스퀘이크는 지층에 축적되어 있는 스파크를 끌어내 적을 공격하는 것이 주를 이루기 때문에 개발이 덜 되어 있을수록 그 위력이 강력해진다.

지금까지 단 한 번도 굴착한 적이 없었던 이곳에 쌓인 스파크는 가히 상상을 초월하는 충격파를 만들어낸다.

치지지지직, 콰과과과광!

―끼에에에에엑!

"크헤에엑!"

이미 거대해질 대로 거대해진 키메라들이었으나, 카미엘의 마법이 닿는 즉시 단 1초도 버티지 못하고 전부 다 터져 죽어나갔다.

그리고 그 마법이 미치지 않는 곳은 마도병단이 직접 검을 들고 뛰어다니며 몬스터들을 토벌했다.

"제1군, 좌현으로, 제2군, 우현으로!"

"와아아아아아아아!"

마도병단이 지나갈 때마다 마치 지우개로 지우는 것처럼 몬스터들이 없어졌고, 드래곤들은 그들보다 조금 더 앞서 나가면서 강 밖에 있는 몬스터들을 처치했다.

―크아아아아앙!

"브레스를 아끼지 마라! 이대로 대륙의 끝까지 진군해야 한다!"

"예, 로드!"

드래곤들과 마도병단의 활약 덕분에 인간의 군대는 사상자 없이 진군을 이어나가는 중이다.

이제야 인간의 군대는 자신들과 함께 싸우고 있는 이들이 얼마나 대단한 존재인지 깨닫고 있었다.

"장관님, 이대로라면 적의 심장부까지 타격하는데 그리 오랜 시간이 걸리지 않을 것 같습니다!"

"우리는 호랑이 등에 올라타 전쟁을 끝내고 있는 겁니다. 다만, 이 전쟁을 끝냈을 때를 대비하는 것은 순전히 우리의 몫이지요. 지금은 그저 저분들께 감사하며 잘 서포트하면 됩니다."

화수는 지금 당장 자신이 할 수 있는 일이 그다지 많지 않다는 것을 잘 알고 있었다.

하지만 이것만으로도 속이 다 뚫리고 10년 묵은 체증이 다 내려가는 것 같았다.

*   *   *

부화장이 깨지면서 언데드들의 콜로니는 기하급수적으로 줄어들고 있는 실정이었다.

대략 50억의 병력을 보유하고 있는 것으로 추정되었던 언데드 군단이었으나, 부화장이 깨지고 난 후엔 병력을 생산하지 못했던 것이다.

마도병단이 언데드 군단을 해치우는 속도는 대략 1초에 30만 마리, 그러니까 한마디로 그들이 지나가는 길엔 몬스터들이 아예 남아나지 않는다는 소리였다.

그들은 이미 만독불침의 몸이기 때문에 언데드들의 독이 전혀 소용없는 상태였다.

더군다나 레비로스가 만들어내는 신성력의 파동으로 인해 몬스터들은 마도병단의 손에 스치기만 해도 녹아내리고 있던 것이다.

카미엘이 군대를 이끌고 진군한지 3일째, 드디어 인간의 군대는 캔자스시티까지 진군할 수 있었다.

카미엘은 이곳에서 전열을 가다듬는 대신에 적의 심장부를 타격하여 전쟁을 빠르게 끝내기로 했다.

어차피 지금은 마왕과 그의 최측근인 재상이 모두 다 죽은 상태이기 때문에 고위 마족이라 한들 크게 힘을 쓸 수 있는 상황은 아니었다.

그렇다면 이제 남은 것은 잔당들을 모두 깔끔하게 정리하고 황폐화되어 버린 지구를 되살리는 일이었다.

카미엘은 캔자스시티를 지나 피츠버그를 지나는 동안 병사들에게 이제 곧 기나긴 여정의 끝이 임박했음을 공표했다.

"우리의 목표는 뉴욕이다. 이곳을 정리하고 나면 나머지는 지구의 군대가 알아서 처리할 것이다. 우리는 이제부터 고위 마족들만 쫓아다니면서 척살하면 되는 것이다."

"예, 장군!"

"진군하라!"

"와아아아아아!"

다시 한 번 진군의 나팔이 울려 퍼졌고, 카미엘은 병사들과 함께 뉴욕 입성을 서두르고 있었다.

2장

재건

뉴욕은 카미엘의 전장 투입 보름 만에 함락되었으며, 그곳에 있던 고위 마족 열 명은 화형을 당하게 되었다.

가장 첫 번째로 화형을 당하게 된 뱀파이어 로드는 차갑게 가라앉은 눈으로 카미엘을 바라보며 물었다.

"나를 죽여서 그대가 얻는 것이 도대체 뭔가? 우리와 타협하면 지구를 그대의 것으로 만들 수도 있다. 그럼에도 불구하고 저렇게 어리석은 무리에게 지구를 돌려주려는 이유가 무엇인지 궁금하군."

"죽은 자들과 협상한다는 것은 있을 수 없는 일. 더군다나 나는 지구의 왕 따위엔 관심 없다. 오로지 인간들이 한데 어울려 살 수 있도록 힘을 쓸 뿐이지."

이윽고 카미엘은 형틀에 매달린 뱀파이어 로드에게 천천히 신성력이 농축된 성수를 주사하기 시작했다.

푸욱!

비록 20㎖ 정도의 적은 양이었으나, 농축된 성수는 뱀파이어 로드를 순식간에 불태워 죽일 수 있는 양이었다.

화르르르륵!

"크으으으으윽……!"

뱀파이어 로드는 자신의 몸이 불타 없어지는 것을 직접 바라보고 있으면서도 비명을 지르지 않았다.

어차피 그의 소원은 이 세상에서 그 존재를 지워내는 것, 어쩌면 카미엘이 내린 형벌은 그에게 있어 구원이었을지도 모른다.

미소를 지으며 죽어가는 뱀파이어 로드, 이번에 카미엘은 그의 바로 옆에 있던 서큐버스 퀸에게 물었다.

"너는 원래 마계의 일원이 아니었다. 헌데 어째서 영혼을 버리면서까지 이들의 틈바구니에 끼어버린 것이지?"

"…죽여라."

"대답하기 싫은가? 내가 알기론 원래 너희들은 루야나드 대륙의 일원이었다. 그럼에도 불구하고 어째서 고향을 버린 것이지?"

그녀는 사납게 카미엘을 노려보며 말했다.

"내 남편을 죽인 것은 인간들, 나는 그 인간들을 말살시키기 위해 마계에 몸을 팔았다. 그리곤 여기까지 왔지. 어차피 복수는 이루지 못한 것 같고, 이제 남은 것은 죽음뿐이다. 지금 죽으면 남편을 볼 수 있을지도 모른다. 어서 죽여라."

"…알겠다."

그 언젠가 카미엘은 대륙에서 일어났던 몬스터 토벌전을 상기시킨다.

당시의 대륙은 통일전쟁을 선포하기 위해 각기 다른 세력들이 규합하여 당을 구축했는데, 제국이 속해 있던 당은 인간 우월주의를 내세워 타종족 배척을 주장하게 되었다.

그로 인하여 대륙에 상주하고 있던 유사인종들이 탄압을 받아 몰살하는 대참사가 벌어지게 된 것이었다.

그때 카미엘은 군부에서 그리 큰 영향력을 행사할 수 없는 위치였기 때문에 유사인종들이 죽어가는 것을 그저 가만히 지켜보고만 있었다.

또한, 사람을 위협한다고 생각되는 라이칸스롭이나 오크들 같은 저능 몬스터들 역시 전부 말살되었다.

카미엘이 기억하기론 그가 속한 군대가 지하종족 서큐버스를 몰살시켰고, 당연히 서큐버스의 왕도 처형을 당했다.

몽마의 왕은 죽어가는 순간에도 인간을 저주했으며, 그 저주는 아내인 서큐버스 퀸을 타락시킨 모양이었다.

한편으로는 인간들의 욕심이 몬스터들을 벼랑 끝으로 몬 것 같아서 마음이 무거워지는 카미엘이었다.

아마 인간들이 몬스터들을 탄압하지 않았다면 서큐버스 퀸은 아직도 고향에서 행복하게 잘살고 있었을지도 모른다.

'미안하군.'

하지만 일이야 어찌되었건 그녀는 분명 죄를 지었고, 그 죄에 대한 대가를 피로 치르게 된 것이었다.

푸욱—

"꺄아아아아아악!"

몸속에서 일어난 불길이 그녀를 잠식하자, 서큐버스 퀸은 눈물을 흘리며 괴로워 하다가 결국 죽었다.

카미엘은 그 모습을 바라보며 조용히 눈을 감았다.

* * *

유럽 서부의 끝자락, 마도병단은 이곳에서 마지막 전투를 준비하고 있다.

푸드드득!

황량한 파리의 거리에 흩날리고 있는 먼지 덕분에 마도군마들은 아까부터 투레질을 거듭하고 있었다.

카미엘은 애마 체이서의 입에 묻은 이물질을 떼어낸 후, 먼지가 날아온 방향을 향해 고개를 들었다.

휘이이이잉!

먼지가 날아오고 있는 방향은 파리의 상징이자, 프랑스의 심장인 에펠탑 부근이었다.

삼각형 모양의 에펠탑은 이제 수많은 몬스터들의 알이 달린 부화장으로 변해 있었고, 그 주변에는 엄청난 숫자의 킬러비들이 날아다니고 있었다.

무려 4미터에 달하는 몸집을 가진 킬러비들은 시신을 파먹고 남은 시독을 유충들에게 공급하는데, 그것을 먹고 자라난 킬러비들은 또다시 무차별적으로 인간을 공격하고 시독을 빨아 먹는다.

하지만 지금은 킬러비들의 먹이가 될 사람들이 거의 대부분 한국에 몰려 있기 때문에 킬러비의 수는 점차적으로 줄어들고 있는 실정이었다.

이제 카미엘은 그들을 말살시켜 유럽을 복구하기로 했다.

스릉!

"마지막 전장이다! 이곳만 수복하면 모든 구역은 정상화된다! 모두 검을 뽑아라!"

"와아아아아아!"

뉴욕을 수복하고 난 후에 카미엘은 하루도 쉬지 않고 전 세계를 돌아다녔는데, 그 결과 파리 한 구역만 남겨두고 지구전역을 청소하는 쾌거를 거둘 수 있었다.

그는 파리를 마지막으로 전투를 종료한 후, 곧장 지구 재건 계획에 동참할 생각이다.

물론 인간이 기본적으로 살아갈 수 있는 여건이 될 정도로만 도와줄 생각이었고, 그 후에는 곧바로 지구를 떠나 루야나드로 돌아갈 것이다.

카미엘은 군대를 이끌고 마지막 남은 언데드의 콜로니를 향해 돌진했다.

"공격! 승리를 위하여!"

"와아아아아아!"

드래곤들은 이미 프랑스 서부를 점령하여 전쟁을 마무리단계에 올려놓았으며, 카미엘은 마무리를 지어 종전의 기쁨을 누리게 될 것이다.

킬러비들이 모여 있는 에펠탑까지 진격한 카미엘은 유충들 사이로 보이는 여왕 킬러비의 방을 찾았다.

"이곳이다! 이곳이 킬러비 여왕이 머물고 있는 곳이다!"

카미엘의 외침을 듣고 달려온 레비로스가 대천사의 검을 들고 입구를 무차별적으로 난타했다.

"허업!"

콰앙!

"끼에에에에엑!"

킬러비는 아주 거대한 벌처럼 생겼는데, 그 습성은 여느 말벌과 비슷했다.

때문에 킬러비의 여왕을 죽이고 나면 더 이상 알은 부화되지 않을 것이며, 그 종족은 씨가 마르게 될 것이다.

직경 20미터의 거대한 알 주머니를 가진 킬러비 여왕이 모습을 드러내자, 카미엘은 즉시 마법을 캐스팅했다.

"블리자드 스톰!"

휘이이이이잉!

주변을 영하 60도의 혹한으로 만들어 버리는 블리자드 스톰은 압축된 눈발의 칼날로 여왕 킬러비를 난도질하기 시작했다.

촤자자자자작!

"끼엑, 끼이이이엑!"

푸른색 피를 토하며 죽어가는 킬러비 여왕, 레비로스는 얼어 죽어가는 여왕의 알 주머니를 두 동강 내어 그 안에 있는 알을 모두 폭파시켰다.

펑펑펑, 콰앙!

끄웨엑!

흰색의 알 주머니가 터지면서 흘러나온 내용물은 개구리

알처럼 순식간에 녹아내렸다.

그와 동시에 킬러비 여왕도 목숨을 잃었고, 다시는 이 땅에 언데드가 증식할 수 없게 되었다.

이내 에펠탑에서 나온 카미엘은 공군에게 신호를 보낸다.

"공격 끝났다. 이곳을 폭격할 수 있도록."

―알겠다. 그곳에서 나와 피해를 입는 병사가 없도록 하라.

"그리하지."

카미엘은 마도병단과 드래곤들을 이끌고 현장에서 빠져나왔고, 그 뒤를 이어 연합군의 모든 항공기가 전부 다 투입되어 폭탄을 쏟아부었다.

핑핑핑핑― 콰앙!

지금까지 전례를 찾아볼 수 없을 정도로 엄청난 양의 폭탄이 투하되자, 파리에는 더 이상 아무것도 남지 않게 되었다.

황폐화 된 대지.

하지만 인간은 최종적으로 승리를 거머쥔 것이 틀림없었다.

카미엘은 아무것도 남지 않은 땅을 향해 검을 높이 들어 승리를 선언했다.

"우리가 이겼다! 종전을 선언한다!"

"와아아아아아아!"

"카미엘, 카미엘!"

병사들은 카미엘의 이름을 연호했고, 그는 자신의 뒤에 서 있던 아나베르스에게 깊이 고개를 숙였다.

"감사합니다. 당신들이 없었다면 우리는 이곳까지 올 수 없었을 겁니다."

"아닐세. 자네의 그 굳은 의지가 없었다면 이미 루야나드와 지구는 존재하지도 않았을 걸세. 이 모든 것은 카미엘, 자네의 의지 덕분에 이뤄낸 것일세."

이윽고 카미엘은 덤덤한 표정으로 서 있는 레비로스에게도 감사의 인사를 전했다.

"고맙네. 자네 덕분에 여기까지 올 수 있었어."

"후후, 무슨 그런 말을 다 하나? 우리 모두가 이뤄낸 결과 아닌가?"

두 친구는 손을 맞잡았고, 병사들은 승리를 만끽하고 있었다.

*　　　*　　　*

최종적인 승전, 화수는 그 사실을 축하하기 위해 연합군 사령부 주재로 대국민 페스티벌을 진행시켰다.

그는 현재 수도 서울에 남아 있던 대한민국의 모든 기반 시설을 이용하여 폭죽을 준비하고, 모든 국민이 충분히 먹고 마실 수 있는 음식을 마련했다.

이번 축제에는 인종, 지휘 고하, 출신 성분을 따지지 않는 것을 전재로 삼았다.

축제는 서울 광화문 광장에서 치러질 예정이었고, 타 지역에 있는 인원은 물론이고 일본에 잔류하고 있던 피란민과 병사까지 모두 전함으로 실어 광화문으로 불러 모았다.

현재 전 세계 인류는 대략 5천만, 화수는 이들이 충분히 즐길 수 있도록 유일하게 살아남은 세계적 스타 마이클 레이너를 MC로 세웠다.

다른 스타들은 언데드가 미국을 점령하면서 전부 목숨을 잃었다.

그나마 그는 광고 촬영차 한국에 머물고 있었기 때문에 목숨을 건질 수 있었다.

그는 단상에 올라 축제의 시작을 알리는 신호탄을 쏘아 올렸다.

"지금부터 승전 파티를 시작하겠습니다!"

"와아아아아아아!"

피융, 콰앙!

하늘에는 폭죽이 수놓았고, 병사들은 승리를 자축하는 축포를 쏘아 대고 있었다.

군부는 전 세계 곳곳에 남아 있던 주류 창고를 개방하여 5천만 국민이 모두 배불리 먹고 마실 수 있도록 했다.

주류 배분 담당자는 생맥주 기계는 물론이고, 위스키와 소주 등을 무제한으로 제공할 수 있는 탱크로리를 설치하여 국민들을 불러 모았다.

"주류를 원하시는 사람들은 이곳으로 오십시오! 맥주는 오른쪽, 위스키는 왼쪽입니다! 소주는 중앙, 과실주는 후방에 있는 탱크로리를 이용하십시오!"

전쟁이 끝나고 난 후, 화수는 황폐화된 땅을 차례대로 수습하면서 아주 흥미로운 사실을 알아냈는데, 그것은 바로 언데드가 알코올을 싫어한다는 점이었다.

지금 언데드는 모두 사라지고 없기 때문에 어째서 알코올을 싫어했는지 알아낼 방법은 없지만, 그로 인해 인류는 평생 먹다가 죽어도 남을 정도로 많은 술을 확보하게 되었다.

앞으로 화수는 주류를 무료로 제공할 생각이며, 당분간 병사들에게도 포상으로 귀한 술을 내릴 계획이었다.

"마셔라!"

"와아아아아!"

사람들은 술을 마시고 뿌리며 승리를 만끽하고 있었는데, 그런 그들 사이로 이제 막 전투를 마치고 돌아온 마도병단과 드래곤들이 보였다.

카미엘은 화수에게 먼저 축제를 시작하라고 지시했는데 그는 술이 풀릴 타이밍에 맞춰 귀환했던 것이다.

시민들은 카미엘과 그의 군대에게 환호와 감사의 인사를 전한다.

"마도병단 만세! 드래곤 만세!"

"고맙소. 모든 것이 여러분 덕분이오."

"와아아아아아!"

완연한 축제의 분위기, 화수는 카미엘에게 다가와 술을 한 잔 권했다.

"소맥입니다. 소주 반, 맥주 반이지요."

"후후, 소맥 좋지."

피곤한 나날이 이어졌던 만큼 카미엘도 술 한 잔이 아주 간절했다.

그는 자신의 곁에 있던 레비로스와 인간의 모습으로 폴리모프한 아나베르스에게도 술잔을 돌렸다.

"한 잔 하시지요. 자네도 한 잔 하고."

"그래, 좋지."

"건배!"

드디어 전쟁은 끝났고, 다시는 이 지구에 전쟁이 일어날 일은 아마 없을 것이다.

                    *   *   *

  종전 이후, 이제는 더 이상 축제의 분위기에 젖어 있을 수
없었다.

  언데드로 인해 황폐화된 지구는 자생능력을 거의 다 잃어
버렸는데, 바다와 대기를 제외하곤 거의 모든 생태계가 무너
져 있었다.

  강은 전부 썩어 악취를 풍기고 있었고, 숲은 바위와 나무,
심지어는 모래와 흙조차 찾아볼 수 없었다.

  오염되었던 토양은 더 이상 회복될 기미를 보이지 않았으
며, 북극의 빙하 역시 언데드들의 먹이로 사용되었다.

  때문에 수위는 오히려 더 낮아졌고, 학자들은 한반도와 일
본열도를 제외한 그 어떤 지역에서도 농사를 지을 수 없을 것
이라고 예언했다.

  이에, 카미엘과 아나베르스는 지구의 생태계를 복구할 수
있는 방법을 고안했다.

  아나베르스는 6천의 드래곤 중에서 땅의 기운을 사용할 수
있는 골드 드래곤들을 소집하여 땅을 복구하는데 동원하기로
했다.

  그는 군사도시 평양에 있는 화수의 집무실로 800명의 골드
드래곤을 집결시켰다.

이중에는 두 가지 이상의 색이 섞인 하프 드래곤들도 있었는데, 이들은 지구에서의 전투를 겪으면서 한층 더 성장해 있었다.

아마 지구를 복원하는데 지대한 공을 세울 것으로 예상되고 있었다.

아나베르스는 자신의 앞에 서 있는 드래곤들에게 각자 할 일과 일하게 될 구역을 나누어 지정해 주었다.

"우리는 토양을 원래 생태계 그대로 복구시키는 일을 할 것이다. 나를 비롯한 모든 골드 드래곤들이 하게 될 일이지. 토양을 정화시키고 그 안에 있는 생태계를 다시 조성하여 지구가 숨을 쉴 수 있도록 하는 것이다. 알아들었나?"

"예, 로드."

"1조와 2조, 3조, 그리고 4조는 아시아와 러시아 지역을 담당한다. 5조는 유럽, 6, 7조는 아메리카, 8조는 아프리카 지역을 담당한다."

"예, 알겠습니다."

"이 일이 과연 언제 끝나게 될지는 알 수가 없다. 짧으면 일주일, 어쩌면 한 달, 그도 아니면 1년이 걸릴 수도 있겠지. 하지만 우리는 이 지구를 반드시 살려야 한다. 우리의 과오로 인해 언데드들이 지구를 침공했고, 그 과오를 되갚는 길은 오로지 지구를 되살리는 일뿐이다. 알겠나?"

"예, 알겠습니다."

아나베르스는 나이와 출신을 가리지 않고 뽑은 드래곤들을 이끌고 토지 정화작업에 착수하기로 한다.

중앙아시아 네팔 지역, 아나베르스는 히말라야 산맥을 시작으로 생태계를 재조성하기로 했다.

그는 100명의 드래곤들을 중앙아시아 지역 곳곳에 파견했는데, 오늘은 두 명의 헤츨링들을 데리고 다니면서 복구 작업에 임하게 되었다.

이제 막 1천 살이 조금 넘은 헤츨링들은 거대한 아나베르스의 무릎에도 못 미치는 존재들이었으나, 그를 도와 복구 작업을 진행하는데 큰 무리가 없을 것이었다.

"용언을 집중시키면 토양에 잠들어 있던 생태본능이 깨어난다. 그것을 극대화시켜 땅을 재생시키는 것이 우리의 목적이다. 또한, 죽어 있던 바위들이 제자리를 잡을 수 있도록 브레스를 잘 조절하는 것도 잊지 말도록."

"예, 로드."

이 땅에 모든 것들은 언데드들이 침공하기 바로 직전의 기억을 가지고 있다.

때문에 언제든 재생할 수 있는 준비를 하고 있었으나, 그 준비가 언제 끝날지는 알 수가 없었다.

그래서 아나베르스는 용언으로 그 준비를 앞당기고 원래 이곳의 생태계가 가지고 있던 기억을 토대로 재구성을 펼치려던 것이다.

헤츨링들은 아나베르스의 15대 손들로, 아마 자신들의 기원이 아나베르스라는 것을 구전으로 들어 어렴풋이 알고 있을 것이다.

이들은 아나베르스와 비슷한 외모와 같은 형질의 브레스를 사용했는데, 아직 그 속성이 제대로 여물지는 못했다.

하지만 아나베르스의 용언이 내뿜는 영향권 안에 있다면 그 형질이 충분히 진해지기 때문에 땅을 되살리는데 큰 문제는 없을 것이다.

아나베르스와 헤츨링들은 공격형 브레스가 아닌, 재생의 브레스를 이 땅위에 옅게 흘려낸다.

우우우우우웅―!

드래곤들의 입에서 나온 금빛 물줄기가 땅에 닿자, 그 안에서는 이제껏 잠들어 있던 생명이 꿈틀대기 시작했다.

쿠구구구구구국!

"바, 바위가 살아납니다!"

"원래 있어야 할 자리에 있을 것이 생기는 현상이다. 이것이 바로 조물주의 신비라는 것이지."

"오오……!"

아나베르스는 처음 조물주가 자신을 탄생시키던 때를 아직도 기억하고 있다.

자신에게 권능을 조금 나누어 준 후엔 곧바로 모습을 감추었으나, 그의 심오한 마음 속 깊이는 바로 알아차릴 수 없었다.

하지만 한 가지 확실한 것은 조물주는 이 땅이 죽어간다고 해도 다시 살아날 수 있는 방법을 준비해 둔 것이다.

헤츨링들은 한 차례 능력을 사용한 것으로 우쭐해져 스스로를 칭송하기 시작한다.

"헤헤, 그렇다면 이 땅을 되살렸으니 우리가 조물주의 능력을 가졌다고 볼 수도 있겠군요."

"후후, 그런 것이 아니다."

아나베르스는 헤츨링들의 어리석음을 아주 잔잔하게 꾸짖었다.

"우리는 그저 조물주가 예비해놓은 일에 발만 살짝 걸친 것뿐이다. 아까도 말했듯이 우리가 할 수 있는 일은 이 땅이 준비해 두었던 정화작용을 조금 앞당겨주는 것뿐이다. 그 이외의 것들은 지구가 스스로 알아서 치유할 뿐이지."

"으음, 그렇군요."

"그러니 행여나 남들 앞에서 조물주와 동등하다느니, 능력자라느니 하는 말도 안 되는 소리를 했다가 창피를 당하는 일이 없도록 하거라."

"예, 로드."

세 사람이 대화를 주고받는 사이, 이제는 바위뿐만 아니라 그 주변으로 돌과 자갈까지 자리를 잡아가고 있었다.

이제 몇 차례만 더 브레스를 깔아주면 흙과 모래도 제자리를 찾아가게 될 것 같았다.

"이곳에서 대략 열 차례 정도 더 작업한 후에 다음 구역으로 넘어가자꾸나."

"예, 알겠습니다."

아나베르스와 어린 드래곤들은 오늘 네팔지역을 복구시킨 후에 북쪽 중국지역으로 넘어갈 생각이다.

*   *   *

아나베르스와 골드 드래곤들이 땅을 되살리는 동안 실버 드래곤들은 세계의 모든 천변과 강을 오가며 정화 작업을 펼치기로 했다.

에이션트 드래곤인 실비아는 자신의 슬하에 있는 자식들과 그 하프 드래곤들을 모두 끌어 모아 구역을 정해 주었다.

약 900명의 실버 드래곤들은 강기슭으로 흩어져 생태계를 재구성 할 수 있는 기반을 마련하기로 했다.

실비아는 자신의 12대손 세 명을 데리고 중국 양쯔강 유역을 정화시키기로 했다.

보글보글…!

썩어버린 강변에선 악취와 함께 기포가 생성되고 있었는데, 아마도 인간이 이 물을 마시면 죽음을 면치 못할 것 같았다.

실비아는 3천살 이상 살아온 드래곤들과 함께 양쯔강과 그 인근 지류를 모두 정화시키기로 했다.

그녀는 본체로 현신한 후, 강에 몸을 담갔다.

첨벙!

그러자, 강변에 모여 있던 사기가 빠져나가고 남은 찌꺼기와 불순물들이 그대로 전해져 왔다.

"심각하군."

"할머님, 작업을 시작할까요?"

"그래, 더 이상 작업을 지체했다간 인간들이 더 이상 번성할 수 없을 정도로 이 땅이 오염되겠어."

물은 모든 것의 근원이며 이 땅을 살찌우고 생명을 잉태시키는 어머니와도 같다.

때문에 물이 오염되면 땅이 아무리 깨끗해도 별 소용이 없다.

그녀는 자신의 비늘을 조금 개방시킨 후, 그곳으로 물을 빨아들여 용언으로 정수시켰다.

촤라라라라라라락!

그러자, 오염되었던 물이 정수되면서 주변으로 은빛 물줄기가 퍼져 나가기 시작한다.

우우우우웅―!

칠흑같이 어두웠던 물이 아주 조금 깨끗해졌고, 그 안에서 생겨나던 기포가 서서히 옅어졌다.

실비아는 자신이 모아 두었던 불순물을 브레스로 삭혀 없애고 난 후, 다시 작업을 진행하기로 한다.

크하아아―!

꾸그그극!

워터 브레스의 온도를 극한으로 끌어올려 불순물이 없어졌고, 그녀는 신선한 공기를 다시 머금는다.

"후우…. 불순물이 생각보다 훨씬 더 많구나. 어쩌면 한 달 내내 이 작업을 반복해야 할지도 모르겠어."

"생각보다 심각한데, 과연 이 땅이 좋아질 수 있을까요?"

"좋아질 수 없다고 해도 노력은 해봐야 할 것이야. 이 모든 것은 우리의 과오로 비롯된 것이니."

"예, 할머니."

그녀는 드래곤들이 조금만 더 현명했다면 이런 일이 벌어지지 않았을 것이라며 스스로를 자책했다.

자신들의 과오로 인해 인간은 멸망할 뻔했고, 결국 지구가 이 모양 이 꼴이 되었다고 생각한 것이다.

그 생각은 손자들을 자극했고, 특유의 자존심을 버리고 작업에 몰두할 수 있게 되었다.

이제 실비아는 잠깐의 휴식을 제외하곤 계속 이곳에서 정화 작업만 되풀이할 것이다.

*   *   *

실버 드래곤 중 골드 드래곤들과 피가 섞인 실버골드 지파의 젊은 드래곤들은 땅을 파고 지하로 내려가 오염된 암반수를 정화하는 작업을 진행했다.

윗물이 맑아지고 있긴 하지만 사람들이 가장 많이 섭취하는 물 중 하나는 바로 이 암반수이기 때문이다.

지구의 암반들은 생각보다 깊고 견고한 곳에 물을 저장하고 있었으나, 언데드들이 진화를 거듭하고 남은 불순물들이 지하로 스며들어 지하수들이 오염되고 말았다.

이에, 드래곤들은 직접 땅을 파고 아래로 내려가 물을 다시 순환시켜 생태계를 복구하기로 한 것이다.

이 모든 작업을 총괄하는 이는 실버골드 지파장 네르마였다.

네르마는 하프 드래곤 중에서 가장 나이가 많았는데, 아나베르스의 5대손이며 실비아의 손자다.

두 사람의 피가 섞인 그는 땅과 물을 자유자재로 다루는 데

탁월한 능력을 지니고 있었다.

또한, 현명한 판단력과 차분한 성격으로 인해 단혈파는 물론이고 혼혈파 드래곤의 지지를 받고 있었다.

아마 앞으로 5천 년 후엔 그가 새로운 로드의 자리에 앉을 것이라고 모두 입을 모으고 있는 실정이다.

로드는 통상 에이션트 드래곤이 맡기 때문에 그는 아직 차기에 머물고 있었다.

하지만 언젠가는 6천 드래곤의 수장이 되어 루야나드의 관조자로 이 세상을 영유하게 될 것이다.

알레스카 앵커리지 지하 200미터 안으로 파고 들어간 네르마는 이곳이 상당히 많이 오염되었음을 알 수 있었다.

"…꽤 긴 구간이 죽어버렸군. 빌어먹을 언데드들 같으니!"

그를 따라나선 세 명의 드래곤들은 딱딱하게 굳어버린 네르마의 표정을 살피며 말했다.

"아무래도 지금 이곳에서부터 작업을 시작한다면 한 달 동안은 밖으로 나가지 못할 것 같습니다. 지원을 부를까요?"

네르마는 고개를 가로저었다.

"아니, 아니다. 우리끼리 작업해도 충분해. 다른 드래곤들은 타 대륙을 담당하는 편이 낫다."

"시간이 꽤 걸릴 겁니다만?"

"괜찮다. 그 정도 각오도 없이 로드의 명을 따라 지구로 온 것은 아니지 않나?"

자신의 의견이 틀렸다는 것을 감지한 세 드래곤은 그의 앞에 고개를 조아린다.

"죄송합니다! 저희들의 생각이 짧았습니다."

"아닐세. 아마 이 암울한 광경을 직접 목격하고도 지하에 계속 남고 싶은 사람은 없겠지. 자네들은 아주 일반적인 생각을 한 것뿐일세."

네르마는 자신보다 대략 3천 살 어린 하프 드래곤들을 데리고 슬슬 작업을 시작하기로 한다.

그는 본체로 현신하여 수맥을 따라 이동할 생각인데, 그동안 더럽혀진 암반을 청소하고 물을 정화시킬 것이다.

그 이후엔 뉴욕까지 이동하여 가장 더러운 곳을 정화시키고 최종적으론 땅이 모두 깨끗해지면 물을 지상으로 끌어올릴 생각이다.

지금 인간들은 바닷물을 정화해서 식수를 마련하고 있는데, 만약 그의 작업이 생각대로 풀린다면 앞으로 당분간 물걱정은 줄어들 것이 분명했다.

3장

새 살이 차오르다

　지구 재건 보름 째, 이제 중국과 남미는 거의 예전의 토질을 되찾아가는 중이다.

　이에, 그린 드래곤들은 토지 위에 녹음이 우러날 수 있도록 생명의 브레스를 불어넣고 있었다.

　중국 사천.

　이곳은 원래 대나무가 울창하기로 유명한 곳이다.

　에이션트 드래곤 카르츠는 자신의 지파 900명을 동원하여 중국 전역에 녹음을 조성하는 중이었다.

"후욱······!'

그의 거대한 입에서 뿜어져 나온 녹색 숨결은 잘 다져진 땅 위에 나무가 솟아나게 했다.

카르츠는 지역이 본래 가지고 있던 특성을 그대로 반영하는 생명의 브레스를 사용하고 것이기에 사천은 곧 다시 대나무로 가득 차게 될 것이다.

그리고 이 근방으로는 실버 드래곤들이 되살려놓은 야룽강이 다시 흐르기 때문에 농사는 물론이고 민물조업을 하기에도 무리가 없을 터였다.

한 차례 생명의 숨결을 불어넣은 그에게 아메리카 대륙으로 날아갔던 5천 살 이상 웜급 드래곤들이 돌아와 고개를 조아렸다.

"카르츠 님, 로키산맥은 이미 작업을 끝냈습니다. 아마 앞으로 3년 내에는 다시 녹음이 우거질 겁니다."

"고생 많았다."

"또한, 몽골의 초목지대가 번성하여 야생동물을 키울 수 있을 것으로 보입니다."

"그렇군."

"그나저나 사막을 처리하는 문제는 어떻게 하실 겁니까? 생각 해두신 방안이 있으신지요?"

"흐음··· 글쎄, 아직 그 문제는 조금 더 심사숙고했으면 한다네."

"하지만 나머지 지파들이 계속해서 의사타결을 재촉하고 있습니다. 해야 할 일이 있는데, 언제까지 지구에 머물 수는 없지 않느냐면서 말입니다."

"그래, 그들의 말이 맞다. 하지만 이건 그런 차원의 문제가 아니지 않나?"

카르츠는 중국 대륙에 생명의 브레스를 불어넣을 때 타 지역에도 효과가 미치게 하고 있었다.

하지만 그런 그에게 한 가지 큰 고민거리가 있었는데, 그것은 바로 사막을 어떻게 처리하느냐였다.

아나베르스는 인간이 자생할 수 있는 조건을 만들어준다는 생각으로 재건활동을 펼치고 있었지만, 두 명의 지파장은 사람들이 살기 좋은 조건으로 재건하는 것이 맞다고 생각하고 있었다.

때문에 중동이나 아프리카 같은 지역에는 과연 어떻게 생태계를 조성해야 하는지에 대한 안건으로 찬반이 엇갈리고 있었다.

인간들은 지금 드래곤들의 의견을 따르겠다고 선언했기 때문에 그들의 의견은 크게 중요하지 않는 상황이다.

그렇다면 이제 남은 것은 녹음을 관장하는 카르츠 본인의 판단이 대맥을 좌우하게 될 수밖에 없을 것이다.

가만히 생각에 잠겨 있던 카르츠는 드디어 결론을 내렸다.

"가세. 가서 사막을 녹음으로 바꾸어놓자고."

"괜찮으시겠습니까?"

"언젠가 사막은 다시 생겨날지도 모르네. 하지만 당장 인간들이 그 지역에서 고생을 할 필요는 없다고 생각하네."

"그렇군요. 맞는 얘기입니다."

그는 화수가 이룩한 지구의 마도학에 대해서 아주 높은 평가를 내렸다.

"화수라는 인간 청년이 이룩한 마도학은 이 지구를 지켜냈다네. 그리고 앞으로 지구를 번성시킬 중요한 기술이 될 테지. 그런 의미에서 본다면 지구를 본래의 모습 그대로 완벽히 재현해낼 필요는 없다고 생각한다네. 원래의 중동아시아라는 지역은 기름 때문에 지구의 원동력이라고 불리기도 했지. 하지만 이젠 원유라는 존재 자체가 필요 없는 시점에 도달하지 않았나? 그렇다면 우리는 그들이 조금 더 살기 좋은 지구를 만들어주면 되는 거야."

"알겠습니다. 그럼 나머지 지파들에게도 그렇게 전하겠습니다."

"그리하게."

카르츠는 사천지역을 마무리한 후, 중동으로 날아가 사막 위에 녹음을 만들기로 결심했다.

　　　　*　　　　*　　　　*

　아프리카와 중동은 평균기온이 상당히 높고 물이 귀하기로 유명한 곳인데, 일 년 내내 비가 거의 오지 않는 지역도 있다.

　하지만 만약 중동아시아와 아프리카에 거대한 사막이 모두 사라지고 전부 녹음이 우거지게 된다면 평균온도는 내려갈 것이다.

　또한, 습지와 강을 만들어 지역의 습도까지 맞추게 되면 죽음의 대륙이라 불리던 아프리카에 생명이 피어나게 될 것이다.

　카르츠와 실비아는 아직까지 제대로 사막이 형성되지 않은 중동지역을 바라보며 다시 한 번 의견을 나눴다.

　"이곳에 강을 새로 만들고 녹음지역을 넓힌다면 정말 인간들이 평안하게 살 수 있을까?"

　"물론. 블루 드래곤이 한 말에 따르자면 사막지역은 인간에게 정말이지 전혀 쓸모가 없다고 했다. 우리 드래곤의 입장에서야 사막이 없어지면 블루지파가 사라지는 끔찍한 결과를 낳게 되겠으나, 지구에는 드래곤이 없지 않나?"

　"뭐, 그런 그렇지."

"그러므로 이곳을 녹지로 바꾸는 것은 어쩌면 꼭 필요한 일인지도 몰라."

"흠…."

한참 얘기를 나누고 있던 두 사람에게 에이션트 블랙 드래곤 타르엘이 다가와 묻는다.

"어쩔 건가? 이곳에 녹지를 조성할 건가?"

"물론."

"좋아, 그렇다면 우리 블랙 드래곤 지파는 곳곳에 습지를 조성하여 비가 자주 내리도록 해주겠네."

"고맙구먼."

중동에 녹지가 우거진 지형이 되게 하려면 첫째로는 거대한 강이 많아야 하고 그에 따라 계곡도 다양하게 분포되어야 한다.

또한, 계곡을 가진 산들이 많이 자리를 잡아야 하는데, 이것은 거의 중동의 지형을 새로 만드는 것이라고 해도 과언이 아니었다.

산에 계곡을 만들고 습지를 조성하는 것은 블랙 드래곤들의 몫인데, 아마 그들이 계곡과 습지를 조성하게 되면 하늘에서는 비가 자주 내리게 될 것이다.

하여, 이곳에 강을 만들 때엔 애초에 수위를 잘 조절하여 너무 범람이 잦지 않도록 주의해야 했다.

"자, 그럼 의사타결은 된 것 같으니 어서 작업을 시작하자고."

"그래, 그렇게 하자고."

세 지파들은 각자 맡은 일을 성실히 수행하며 중동을 생명의 땅으로 바꾸어 나갔다.

사막 재개발 일주일 째.

아프리카 사하라 사막에 길이 5,500km의 강이 종과 횡으로 길게 늘어서게 되었다.

이 네 곳의 지류는 총 150개로, 거대한 북아프리카 대륙을 녹지로 바꾸기에 전혀 무리가 없었다.

또한, 아프리카와 중동아시아를 잇는 계류를 새로 만들고 그곳으로도 길이 5,000km의 거대한 강을 만들어냈다.

이제 이곳을 따라 중동아시아는 황량한 사막에서 녹지로 그 모습을 바꾸게 될 것이었다.

드래곤들은 중동아시아까지 강을 만들어낸 후, 이곳을 중앙아시아와 러시아까지 길게 이을 생각이었다.

그렇게 되면 곳곳에 습지를 세우고 산맥을 다시 다지는 작업이 아주 수월하게 진행되기 때문이다.

세 지파가 이렇게 거대한 작업을 진행하는 동안 골드 드래곤들은 아시아와 아프리카를 횡단하는 길이 3만km의 산맥

12개를 새롭게 만들어 내기로 했다.

땅을 다지고 산을 만들어내는 일은 골드 드래곤 지파만이 할 수 있는 일이기 때문에 그들은 두 가지 일을 동시에 병행할 수밖에 없었다.

하지만 가장 먼저 재건작업을 시작한 그들이기 때문에 시간적 여유는 생각보다 꽤 많은 편이었다.

아나베르스는 3만㎞의 산맥 12개를 만들어낸 후, 그 위를 낮게 저공비행하며 기류의 흐름을 관찰해 보았다.

휘이이이잉—!

"바람이 뜨겁군."

아직까진 상당히 건조한 바람이 불기 때문에 편서풍이 불 때엔 산의 반대편이 거의 지옥에 가까울 정도로 달궈져 있었다.

하지만 강줄기를 모두 완성시키고 녹지를 조성하게 되면 이 모든 문제가 해결되기 때문에 잘하면 북유럽의 서늘한 기후처럼 변할지도 모른다.

산맥을 가로지르던 아나베르스는 이내 잠시 멈추어 산봉우리에서 휴식을 취하기로 했다.

펄럭펄럭!

거대한 날개를 이용해 살포시 산맥에 자리를 잡고 앉은 아나베르스는 자신의 동족이 만들어낸 지구라는 차원을 가만히 바라봤다.

"…이러다 정이 들겠군."

아무리 지성체로서 그 정점을 찍은 드래곤이라 해도 정이라는 감정이 없는 것은 아니다.

그 때문에 자식을 낳고 그들을 정성스럽게 키워 다시 최강의 생명체로 키워온 것이었다.

아마 그는 이곳을 떠날 때엔 가슴이 많이 허전할 것이라고 생각했다.

하지만 그 또한 이들에게 주어진 숙명일 것이다.

*   *   *

지구 재건작업의 끝은 남극과 북극을 재건하는 일이었는데, 이는 지구의 기온과 수온, 수심을 맞추는데 가장 큰 역할을 하게 될 것이기 때문에 각별히 신경써서 만들어야 했다.

지금 지구의 극지방은 꽤나 심각하게 훼손이 되어버렸는데, 언데드들이 진화 실험을 거듭하는 바람에 더 이상 생명체가 살아갈 수 없는 구역으로 변해 있었다.

에이션트 화이트 드래곤 샤이키넬리아는 이곳의 얼음을 정화하고 훼손되어 없어진 빙하를 다시 복구하기로 했다.

그는 지구 온난화가 찾아오기 전의 수치로 북극을 되돌리고, 남극 역시 그 지역적 특성을 살려 극한의 추위가 찾아오도록 만들기로 했다.

휘이이이잉—!

여전히 피부를 에는 듯한 추위가 계속되고 있는 북극, 하지만 그 빙하의 면적은 현저히 줄어들어 있었다.

샤이키넬리아는 자신을 비롯한 800명의 드래곤을 모으고 그들이 가지고 있던 용언을 모두 동원하여 북극을 복원시켰다.

—크아아아앙!

순백색 브레스가 바다를 스치며 지나가자, 북극해에는 다시 거대한 빙하들이 자리 잡게 되었다.

그리고 그 빙하들로 인하여 현저히 높았던 북극의 온도가 정상적으로 회복되었다.

지금 북극에 남아 있던 빙하들이 그나마 녹지 않았던 것은 언데드들이 벌인 이상 활동으로 인해 해가 뜨지 않았던 덕이다.

이제 슬슬 해가 다시 뜨고 빙하가 녹는 시점에 이들이 아주 시기적절하게 냉기를 불어넣어준 것이었다.

무려 보름 밤낮으로 브레스를 토해낸 화이트 드래곤들은 슬슬 체력에 한계가 오는 것을 느꼈다.

하지만 그와 동시에 북극의 모습이 온전한 모습으로 변해 가기 시작한다.

꽈드드드드득!

"샤이키넬리아님, 드디어 본래의 모습을 되찾았습니다. 성공했습니다."

"후우, 그래. 내가 보기에도 그런 것 같군."

그는 이제 그만 브레스를 멈추었고, 가만히 서서 북극에 밤이 찾아오는 것을 바라봤다.

북극의 밤은 오로라의 향연으로 인해 상당히 화려하면서도 수많은 별이 주는 감동이 있었다.

그는 화이트 드래곤이 가장 좋아하는 북극의 풍경을 감상하며 슬그머니 미소를 짓는다.

"그래, 이런 것이 바로 지상낙원이지."

"맞습니다. 이런 곳에서 평생 먹을 감을 수 있다면 아주 좋을 텐데요."

"후후, 그러게 말이야."

루야나드의 북극은 지구처럼 거대한 빙석으로 이뤄진 곳이 아니라 거의 대부분이 산으로 되어 있다.

때문에 눈이 많이 오긴 해도 이렇게 거대한 얼음들이 군도를 이루고 있지는 않다.

아마도 화이트 드래곤들은 지구를 떠날 때에 지금 이 광경이 가장 눈에 밟힐 것이다.

하지만 이들은 지구에 방문한 손님일 뿐, 그 이상의 존재는 아니다.

샤이키넬리아는 북극을 모두 복구시킨 후 진정한 추위가 존재하는 남극으로 향한다.

"자자, 이제 슬슬 출발하지. 남극은 우리가 생각한 것보다 훨씬 더 아름답다고 하니 말이야."

"예, 알겠습니다."

화이트 드래곤들은 일제히 날개를 펼쳐 남극으로 향했다.

* * *

전 세계의 모든 콜로니가 붕괴된 후, 인간의 생활은 조금씩 달라지고 있었다.

우선, 화수가 이끄는 연합군 정부가 사람들에게 집을 지을 수 있는 토지를 제공하여 자리를 잡을 수 있도록 지원했다.

공병대대는 한 가구당 두 명씩 배치되어 시민들과 함께 집을 짓고 있었는데, 그중에는 대가족이 함께 모여살 수 있는 대형 주택도 있었다.

또한, 인구 3만 명당 청사 한 곳을 지어 공무를 수행할 수 있도록 했는데, 아직까지 그곳의 수장은 미정이었다.

청사의 수장이나 청사 직원들 역시 시민이기 때문에 집을 짓고 자리를 잡아야 했던 것이다.

그 이후에 청사에서 근무할 수 있는 자격을 갖춘 사람들을 모집하여 사무직의 모든 것을 맡길 예정이었다.

화수는 인구의 증가 정책과 종족 정착 정책으로 1가구당 1생산 체제를 확립할 수 있도록 했는데, 사람이라면 누구나 생산에 참여하거나 연구에 참여하는 등의 활동을 벌여야 한다는 내용이었다.

이미 사유재산이라는 것이 없어진 상황에서 화수는 사람이 할 수 있는 일을 나누고, 그에 합당한 일자리를 부여하기로 한 것이다.

우선 기본적으로 현 군부의 수장과 병사들을 제외한 모든 사람은 농업, 어업, 임업, 공업 등에 종사해야 했다.

만약 자신이 가진 특별한 기술이 있다면 해당 분야에 종사를 할 수 있으며, 그에 필요한 기반은 전부 군부가 지원하기로 했다.

작게는 1차 산업부터 크게는 2차, 3차 산업까지 각자 자신이 해오던 업종에 종사하는 것이 필요한 시점이 된 것이었다.

하지만 이를 분배하는데 가장 큰 문제가 발생하게 되었는데, 전문직에 종사하는 사람들이 현저히 줄어들었다는 점이었다.

원래 전문직에 종사하던 인구는 생각보다 많아서 유기적으로 사회를 유지하고 있었다.

그러나 언데드들이 지구를 습격하면서 전문직에 종사하던 사람들이 대거 죽어나갔다.

때문에 각 분야의 전문가들은 거의 다 모습을 감추게 되었고, 어쩔 수 없이 그 공백을 인재 육성으로 채울 수밖에 없게 되었다.

하나, 그 인재 육성에 전력투구할 수가 없어 인류의 기술은 서서히 퇴보할 것으로 보였다.

하지만 누가 뭐라고 해도 인류가 살아가는 가장 기본적인 것은 의식주이기 때문에 당장 곡식을 생산하고 집을 짓는 것이 우선이었다.

기술력의 회복은 향후 2~3년이면 다시 시작할 수 있을 것이다.

화수는 최우선 사항으로 농업 지원자들에게 농지를 나누어주고 어업 지원자들에겐 개조 어선을 제공했다.

이제부터 농사와 조업을 통해 얻는 것은 온전히 사유재산이 되며, 지금까지 화수가 가지고 있었던 기반은 중앙정부를 구성하게 될 것이다.

당분간 세금은 생산 곡식의 1/100로, 어업의 경우에도 같은 세율이 적용하기로 결정되었다.

건물을 짓고 공장에서 일하는 등의 2차 생산직의 경우엔 당분간 곡식으로 월급을 지급하며, 이에 대한 세율도 1/100로 정했다.

지구 개발계획의 일환으로 시작된 토지 배분 정책은 광활한 지구 곳곳으로 사람들을 이주시키는 것으로 시작했다.

이미 전 세계 인구가 5천만이 채 되지 않는 것을 감안하면 강이 흐르고 농업용수를 조달하기 좋은 곳으로 이주지역을 고르는 것이 좋을 것이다.

화수는 5대양 6대주에 사람을 골고루 배치시키고 가장 비옥한 영토부터 차례대로 배분했다.

그리고 토지의 질이 별로 좋지 않은 곳은 공장과 정부청사를 지어 도시의 면모를 차근차근 갖추어 나가도록 했다.

*   *   *

인간과 언데드의 격전지는 상당히 넓은 지역에 걸쳐서 분포되어 있었는데, 그곳에는 야생동물도 함께 잠들어 있다.

언데드들은 인간과 몬스터들만 이용하여 군대를 조성했는데, 어찌된 영문인지 야생동물을 개량한 적은 단 한 번도 없었다.

때문에 언데드들이 남긴 잔재 사이에는 야생동물들의 사

체도 함께 섞여 있었다.

언데드들의 사체를 한곳에 모아놓은 소각장.

화수를 비롯한 생물학자들은 이 사이에서 동물들의 사체를 찾아내고 있었다.

"쿨럭, 쿨럭!"

방진복과 방진 마스크를 쓰고 있음에도 불구하고 학자들의 입에선 여전히 기침이 새어 나오고 있었다.

그만큼 언데드들이 가진 시독은 상상을 초월할 정도였고, 그곳에서 생성되는 세균들 또한 골칫거리였다.

하지만 생물학자들은 이러한 환경 속에서도 비교적 온전한 동물의 시체를 찾기 위해 고군분투 하는 중이었다.

지금 생각보다 많은 생물이 살아남았으나, 그것만으론 생태계를 꾸릴 수가 없었다.

그렇기 때문에 화수는 서울과 대전, 부산 등에 있는 초대형 동물원들과 일본 전 지역에 걸쳐 있는 동물원에서 DNA를 채취하여 동물들을 복구할 계획을 세웠다.

마나코어를 이용한 기술력 상승으로 인해 복구는 상당히 순조롭게 진행되었으나, 문제는 종의 다양성이 너무나도 부족하다는 것이었다.

이 세상은 어느 한 종이 사라지면 그 밸런스가 무너지기 때문에 종의 다양성은 반드시 유지되어야 할 조건이다.

하지만 지금은 그 조건이 아예 통째로 사라질 위기에 처해 있으니, 생물학자들이 목숨을 거는 것도 무리는 아니었다.

지금 화수와 생물학자들이 복구한 종은 총 2,000여 종, 앞으로 그들이 살려내야 할 동물들이 무궁무진하다.

화수는 잘 떠지지도 않는 눈을 억지로 올려가며 사체를 뒤지고 있었는데, 그러다 온전하게 남은 북극곰의 사체 두 구를 발견해냈다.

"부, 북극곰이다! 여기, 북극곰이 있습니다!"

"오, 오오!"

건장한 체구의 암컷과 새끼는 서로 꼭 끌어안은 채 목숨을 잃었는데, 어미는 이미 많이 부패하여 형체를 알아볼 수 없었다.

하지만 새끼의 사체는 어미의 품에서 얼마간 생존하다 굶어 죽었던지, 비교적 깔끔한 상태를 유지하고 있었다.

아마도 언데드들의 무차별적인 토벌로 인하여 맞아 죽었다가 이제야 화수의 손에 발견된 모양이었다.

생물학자들은 북극금의 사체를 수습하고 그들의 DNA를 채취했다.

학자들은 화수의 발굴에 박수를 보냈다.

"쾌거입니다. 이렇게 종의 다양성이 결여된 마당에 북극곰의 DNA라니, 기쁜 일이 아닐 수 없지요."

"감사합니다."

이로서 이들이 살려낸 동물의 숫자는 하나 더 늘어나게 되었고, 생태계 복구는 한 발자국 더 앞으로 나아가게 되었다.

화수와 생물학자들은 DNA샘플을 채취한 후, 계속해서 작업을 이어나갔다.

*　　　*　　　*

중국 양쯔강 유역, 이곳은 이제 슬슬 토양이 회복세로 돌아서고 있었다.

사람들은 양쯔강 유역 인근에서부터 농사를 시작할 예정이었는데, 이곳에는 각자 심고 싶은 곡물을 심게 될 것이었다.

그에 앞서 농업창고와 주거 건물을 확립하는 기반 공사가 이어지고 있었다.

공병들은 크레인이 가져다 준 건축자재를 그대로 이어 붙여 집을 짓고 있었는데, 아직 공장이 지어지지 않았기 때문에 모든 건물의·재료는 한반도에 있는 공장에서 조달했다.

양쯔강 유역의 기반공사를 총괄하게 된 사람은 연합군 소속 샤인즈 대령이었다.

그는 이곳에서 병사들을 이끌고 직접 현장을 지휘하고 있었다.

쾅쾅쾅!

"서둘러라! 이제 곧 해가 진다!"

"예, 알겠습니다."

이젠 언데드가 출몰할 일이 없기 때문에 야간작업을 계속해도 큰 문제는 없었지만, 그들은 이미 낮에 일하고 밤에 경계를 서는 것이 익숙해져 있었다.

아마 작업을 빠르게 진행할 수 있다고 해도 군대는 더 이상작업을 진행하지 않으려 들 것이다.

세상은 언데드들의 침입으로 인하여 밤에는 절대로 움직이지 않으려는 습관을 갖게 되었기 때문이었다.

샤인즈 대령은 오늘 양쯔강 유역에 대략 3만개 정도의 가옥을 완성시켰는데, 이제 내일부터 이곳에 사람들이 들어가생활을 하게 될 것이다.

이 모든 것은 건설 방식이 단일화되었기 때문인데, 중앙정부에서 집을 거의 다 지어서 가져다주는 덕분이었다.

이제 뉘엿뉘엿 해가 지려는 오후, 샤인즈 대령에게 화수의전령이 당도했다.

"충성! 본토에서 나왔습니다."

"무슨 일인가?"

"이번 달에 양쯔강에 치어를 방생한답니다. 그에 대한 인력을 차출하여 치어 방생에 동원하시랍니다."

"치어 방생이라… 어떤 종을 방생한다고 하던가?"

"현재 이곳에 방생될 어종은 총 100여종으로, 대부분 한국에서 잡아들인 물고기들입니다."

"그렇군."

지금 지구상에 살아남은 민물어종들은 모두 한국이나 일본의 어종으로, 나머지 다른 외래종은 아예 존재하지도 않는다.

그나마 이렇게 어종을 보존할 수만 있다면 앞으로 더 많은 종의 다양성을 확보할 수도 있을 것이다.

전령은 그에게 이번 달에 있을 방생작전에 대한 기획서를 전달한다.

"이 안에는 강바닥에 심을 수초들의 종류와 파종 방법 등이 적혀 있습니다. 강 하류에서 작업할 병사들에게 숙지시키랍니다."

"알겠네."

강에 치어를 방생하는 일은 이제 생태계가 거의 다 완성되어 간다는 소리였다.

그는 힘을 내 병사들을 이끌고 작업을 이어나갔다.

*　　　*　　　*

일주일 후, 양쯔강에 치어를 방생하는 작업이 이어졌다.

촤라라라라락!

대략 100톤가량의 치어들이 양쯔강에 투여되었고, 그를 이어 지구에 위치한 모든 강변에 같은 양의 치어들이 방생되었다.

이제 이것을 1~2년가량 키워 다시 낚시로 잡으면 충분히 먹기 좋은 크기로 성장해 있을 것이다.

그 다음 해엔 조과가 더 좋아질 것이고, 해가 더해 갈수록 그 성과는 배가 될 것이 분명했다.

병사들이 수족관에서 치어들을 꺼내어 방생하는 동안 그 뒤편에선 계량된 야생동물을 풀어주고 있었다.

화수는 새끼로 태어난 동물들에게 젖을 물려 키워낸 후, 그들에게 철저한 교육을 통해 야생성을 이끌어냈다.

초식동물은 물론이고 잡식동물과 육식동물까지 전부 다 방사하여 제대로 된 생태계를 조성하려는 것이었다.

이로 인하여 바다사자를 비롯한 기각류의 개체 수 조절이 가능해질 것으로 보였다.

먹이가 풍부한 상황에서는 맹수들의 존립이 더욱 활발해질 것이고, 그렇게 되면 생태계는 녹음과 육식이 완벽한 밸런스를 이루게 될 것이다.

치어 방생과 야생동물 방사 작업을 지켜보던 화수는 샤넬리아에게 곤충류 복구에 대해 묻는다.

"꿀벌과 나비 등은 어떻게 되었지? 아직도 복구 중인가?"

"이제 곧 방사가 가능한 수준이 될 거다. 아마 그렇게 되면 인공수분은 필요하지 않게 되겠지."

"그렇군."

나비와 꿀벌이 하는 일은 인간이 과일나무를 심는 일보다 훨씬 더 중요하기 때문에 그들이 없다면 기껏 힘들게 살린 지구가 너무나도 허망하게 멸망하고 말 것이다.

때문에 화수는 서울 인근에 양봉장을 건설하여 여왕벌의 개체를 늘렸고, 1억 마리가 넘는 개체를 방생할 계획을 세웠다.

하지만 전문 양봉업자들이 많이 죽어버린 탓에 그 작업이 결코 쉽지만은 않았던 것이다.

그러나 그 연구도 이젠 거의 마무리 단계에 이르렀으니, 앞으로는 곤충들도 알맞은 균형을 이뤄갈 것이 분명했다.

* * *

카미엘이 인간의 군대와 함께 전 세계를 돌아다니며 언데드들의 콜로니를 쳐부수고 남은 사체 50억 구를 치우는 일 또한 만만치 않은 작업이었다.

이 일을 진행하기 위해서 투입된 것은 초대형 불도저였는데, 병사들이 죽이고 간 언데드의 사체를 산처럼 쌓아 불태우는데 사용되었다.

몬스터의 사체나 언데드들의 사체는 불에 타는 즉시 가루로 변해버렸기 때문에 기름만 잘 뿌린다면 사체를 소각하는 것은 그리 큰 일이 아니었다.

모스크바 언데드 소각장.

이곳은 이미 거대한 산으로 이뤄진 언데드의 사체더미로 인해 사람이 걸어 다닐 공간도 없을 정도로 복잡했다.

카미엘은 이 사체를 한꺼번에 모아 태우는 방법을 고안해냈는데, 그것은 바로 불의 온도를 두 배로 올리는 것이었다.

중동아시아에서 나오는 원유를 정제해서 휘발유를 만든 후, 그것에 마나코어를 갈아서 넣으면 불이 훨씬 더 잘 붙는 성질로 변하게 된다.

그 이후엔 마나융합 발화장치를 이용하여 불을 내뿜으면 아주 작은 마나폭발현상이 일어나기 때문에 수십억의 사체를 태워도 전혀 문제가 되지 않았다.

본래 지구의 군대는 언데드의 사체를 이용하여 화력발전을 이룩하려 했으나 당장 가용될 전기가 그리 많지 않았기 때문에 기각되었다.

또한 시민들은 언데드들의 사체를 보관했다가 큰일이 일어나지 않을까 두려워하고 있었다.

화수는 하루에도 무려 2~3억구의 사체가 몰아닥치는 모스크바 소각장을 순시하며 소각을 관장했다.

그의 부관들은 산더미를 불태우고 남은 가루들을 처리하는데 어떤 방법이 좋을지 논의했다.

"가장 편한 방법은 땅에 묻어버리는 겁니다. 어떤 일이 발생할지는 아무도 알 수 없는데, 이것을 그대로 지상에 둘 수만은 없는 일이니까요."

"안 됩니다. 만약 땅에 묻었다가 다시 살아나면 어쩝니까? 차라리 물에 버리는 것이 낫겠습니다."

"하지만 그랬다가 바다가 오염되면 어쩌려는 겁니까? 아직까진 바다가 없으면 우리는 모두 다 굶어 죽습니다."

"흐음…."

땅은 앞으로 곡식을 만들어내야 할 곳이지만 바다는 지금 전 인류의 식량을 조달하는 곳이다.

전자분해를 통하여 염분을 빼내고 식수를 취수하기도 하며, 가장 좋은 이동수단인 배를 띄우는 곳이기도 하다.

그런 바다가 오염되면 인류는 반드시 멸망할 것이고, 그렇게 되면 지금까지의 전쟁은 수포로 돌아가게 되는 것이다.

가만히 생각에 잠겨 있던 화수가 이내 묘안을 내놓는다.

"혹시 지금 우리가 미사일을 발사할 수 있는 여력이 됩니까?"

"아직까지 우주정거장은 남아 있습니다. 만약 발사하려고 마음을 먹는다면 충분히 발사할 수 있을 겁니다."

"그래요?"

화수는 우주 기술을 총괄하고 있는 이시하라 사토루에게 물었다.

"지금 당장 우주선을 준비할 수 있겠습니까? 연료는 제가 조달하겠습니다."

"어떤 종류의 우주선인지 말씀해 주시면 준비하겠습니다."

"지구가 멸망하기 전에 사용되었던 셔틀도 좋고 우주기지 존립을 위해 사용되었던 정기선도 좋습니다. 아무튼 우주로 나갈 수만 있으면 됩니다."

"그런 것이라면 전혀 걱정하실 필요가 없습니다. 당장 준비해드리겠습니다."

"좋습니다. 그럼 내일까지 가용이 가능한 모든 우주선들을 모아서 저에게 보고하십시오."

"예, 알겠습니다."

이윽고 화수는 서울에 있는 소각장으로 향했다.

*   *   *

서울에 위치한 소각장에는 사체를 담아서 운반하던 통들을 수거하여 소독하는데, 화수는 이곳에 있는 수거함을 전부 모아서 한데로 모았다.

그리곤 전 세계에 있는 소각장에서 나온 언데드 가루를 서울로 모으도록 지시했다.

그의 부관들은 도무지 영문을 모르겠다는 표정으로 일관하고 있었지만, 화수의 측근들은 그가 과연 무슨 생각을 하고 있는지 이미 간파했다.

화수는 우주선을 전부 다 끌어 모아 대기권 밖으로 언데드들의 잔재를 날려 버릴 생각이었던 것이다.

마도학자들은 포항에 위치한 작업장에서 우주선을 개조하고, 그 안에 잔해를 실을 수 있도록 특장칸도 만들었다.

특장칸은 언데드의 사체를 운반하던 통을 개조하여 만들었고, 우주선의 출력은 그것을 이끌고 충분히 날아갈 수 있도록 강화시켰다.

마나수소융합발전을 이용하여 엔진을 만들고 태양열과 공냉을 이용해 터빈을 돌릴 수 있는 기술도 도입했다.

아마 이정도의 기술력이라면 태양까지 잔재를 보내는데도

전혀 문제가 없을 것이었다.

지금 주민들과 지식인들이 가장 크게 걱정하는 사안은 바로 언데드들의 잔재가 어떤 일을 일으킬지 모른다는 것이었다.

그러나 이것을 우주로 날려버린다면 그들이 살아난다고 해도 문제가 되지 않는다.

화수는 언데드들의 잔재가 과연 어디까지 날아갈지 알 수는 없었으나, 이것이 결코 인간이나 우주에 해를 가할 수는 없을 것이라고 확신했다.

치지지지지직!

용접기를 직접 잡고 우주선을 개조하던 화수가 이내 발전기를 확인했다.

"다 되었습니다. 마무리했으니 한번 테스트해 봅시다."

"예, 사부님."

찬미는 화수가 만들어낸 발전기를 시험하기 위해 작동버튼을 눌렀고, 엔진은 금세 최고치로 동력을 끌어올렸다.

위이이이이이이잉―!

그럼에도 불구하고 엔진의 내부 온도는 점점 내려가 처음 출발했을 때와 별반 다를 것 없는 수치를 유지하고 있었다.

이렇게 수치를 유지할 수 있는 것은 순전히 마나코어 덕분이었는데, 만에 하나 언데드들이 깨어나 우주선을 건드린다면 마나폭발을 일으킬 것이다.

화수는 2중, 3중으로 장치를 하여 다시는 지구에 대재앙이 닥치지 않도록 마무리할 생각이었다.

그리고 그 생각은 이제 현실로 이뤄져 모두를 안심시킬 것이다.

그는 모두 다 완성된 작품을 한 곳으로 모은 후 우주선을 최종조립하기로 한다.

선미에는 강철인형으로 만든 조종사들이 탑승하게 되는데, 그들은 블랙홀까지 안전하게 우주선을 몰고 갈 것이다.

화수는 마도학자들에게 항로를 설정하고 자동으로 우주선을 운행시킬 수 있는 시스템을 구축하도록 했다.

블랙홀은 없어지는 공간이 아니기 때문에 100% 우주선은 암흑의 공간으로 빨려 들어가 분해되고 말 것이다.

언데드들은 이미 영혼을 잃은 상태이기 때문에 결코 블랙홀을 빠져나갈 수 없다.

그렇다는 것은 이 잔해들이 다른 차원에게 해를 끼칠 확률은 0%라는 소리였다.

화수는 샤넬리아에게 최종적으로 프로그래밍이 어떻게 진행되었는지 확인했다.

"자동 항로 시스템은 구축되었나?"

"물론. 하지만 네 마나가 꽤 많이 소모될 것 같아. 잘못하면 생명에 지장이 생길 수도 있고."

"괜찮아. 이제는 내가 죽지 않게끔 도와줄 사람들이 많으니까."

마도병단은 물론이고 최강의 생명체 드래곤들까지 화수를 돕고 있으니, 아마 그가 마나를 모두 소진하여 죽어간다고 해도 큰 문제가 없을 것이다.

또한, 우주선 발사계획이 실패하면 드래곤들이 직접 블랙홀에 우주선을 끌고 들어가는 방법도 있다.

언젠가 이들은 지구를 떠나 다시 루야나드로 돌아가야 할 사람들이다.

블랙홀을 횡단하는 도박은 생각보다 위험한 일이지만, 언제까지나 이곳에 머무를 수는 없는 노릇이다.

그들도 엄연히 고향이 있고 가족이 있는 사람들이니 그들을 버리고 지구에 뿌리를 박는 것은 말도 안 되는 일이었던 것이다.

화수는 완성된 시안을 가지고 카미엘을 찾아갔다.

*   *   *

카미엘은 화수와 마도학자들이 완성시킨 우주선의 도면을 확인해 보곤 이내 자신이 직접 마나코어를 만들어내기로 했다.

"마나가 고갈되어 생명에 지장이 생기면 자칫 큰일이 생길 수도 있다. 그러니 내가 자네를 대신하여 초대형 마나코어를 만들어주겠네."

"그래주시겠습니까?"

심장에 가지고 있는 마나의 크기가 무려 100배 이상 차이가 나는 카미엘과 화수이기 때문에 아무래도 마나코어의 농도부터 다르다.

때문에 카미엘은 자신이 화수 대신 강철인형을 조종하기로 한 것이었다.

"아마 내가 마나코어를 만들게 되면 굳이 사람의 조종 없이도 블랙홀까지 안전하게 갈 수 있을 걸세. 하지만 만약 조종이 필요한 상황이 온다면 내가 다시 루야나드로 돌아갈 때에 함께 가지고 가도록 하지."

"그래도 되겠습니까?"

"어차피 다시 한 번 들어가야 할 블랙홀일세. 이번에는 화이트홀로 빠져나간다곤 해도 어차피 위험은 다시 한 번 감수해야 하지."

"그렇군요."

화수는 다시 루야나드로 되돌아가려는 카미엘을 붙잡고 싶은 마음이 굴뚝같았다.

지금 그가 지구에 계속 남는다면 이 땅은 훨씬 더 빨리 생기를 찾아갈 것이고, 그것은 인류 재건이 급물살을 탈 수 있을 것이다.

만약 그가 자신만의 욕심을 고수한다면, 카미엘을 지구에 남도록 할 수도 있다.

하지만 이제 카미엘은 화수에게 모든 것을 전수했고, 그는 스스로 지구를 재건할 수 있는 능력을 갖게 되었다.

그는 턱 밑까지 차오른 말을 삼켜낸다.

"…아무튼 감사드립니다. 언젠가 이 빚을 꼭 갚아야 하는데 말이죠."

"하하, 그럴 필요 없네. 자네 덕분에 내가 몸을 되찾았고 여기까지 올 수 있었네. 오히려 빚은 내가 갚아야 하지."

"아닙니다."

한 때는 한 몸이었던 두 사람은 뭔가 깊이 통하는 텔레파시 같은 것이 생겼다.

아마도 카미엘은 화수의 아쉬운 마음을 진즉 간파하고 있었을지도 모른다.

하나, 그는 아무런 말없이 묵묵히 지구의 재건을 지원해줄 뿐이었다.

　　　　*　　　　*　　　　*

　미 항공우주국에서 발사했던 위성들은 아직까지 지구의 궤도를 돌면서 현재의 상황을 사진으로 찍어서 지상으로 전송했는데, 화수는 사진을 확대하여 살펴보았다.

　지구는 이제 예전의 아름다운 모습을 되찾아가고 있었고, 오히려 사막이 없어져 푸르른 녹음이 더 많이 우거지게 되었다.

　"그래, 이제 거의 다 되었군."

　처음 언데드가 이곳을 점령하고 난 후, 지구는 급속하게 병들어 원래의 모습을 찾아볼 수가 없었다.

　하지만 이젠 예전의 모습보다 훨씬 더 건강한 존재감을 드러내게 된 것이다.

　이 사진을 바라보며 화수는 이제 슬슬 그들과의 이별이 가까워져 옴을 느꼈다.

　"정말로 보내드려야 할 때가 왔나보군."

　그는 씁쓸한 미소를 짓는다.

　아나베르스와 마도병단은 지구에 새로운 강과 산맥을 만들고 그 위에 녹음까지 완벽하게 조성했다.

또한, 균형이 무너졌던 남극과 북극도 다시 한 번 밸런스 조정을 거쳐 본래의 모습을 찾아냈다.

화수를 비롯한 마도학자들과 기상학자들은 지구의 상태가 오히려 예전보다 훨씬 좋아졌다고 입을 모았다.

오히려 병들어 죽어가던 예전의 지구를 다시 한 번 갈아엎고 재구성하여 원시시대와 비슷한 정도의 환경을 간직하게 된 것이었다.

티 없이 맑아진 대기권, 아나베르스는 자신이 이룩한 녹음을 바라보며 흐뭇하게 웃었다.

"이젠 더 이상 어떻게 할 도리가 없을 정도로 지구가 깔끔해졌군."

"그러게 말입니다."

아나베르스의 손에 올라 타 함께 지구를 구경한 카미엘은 이제 떠나는 날을 정하기로 했다.

"이제 우리가 떠날 때가 왔습니다. 언제가 좋으신지요?"

"빠르면 빠를수록 좋겠지. 하지만 우리가 돌아가야 하는 것이라면 우주선을 발사할 때 함께하는 것이 어떻겠나?"

"우주선이라면 언데드들의 사체이 들어 있는 바구니 말입니까?"

"그래. 어차피 우리야 우주를 경유해서 고향으로 돌아가야 하는데, 가는 길에 쓰레기를 버려주면 얼마나 좋겠나?"

카미엘은 그의 말에 동의한다는 듯이 고개를 끄덕였다.

"그렇지요. 안 그래도 저 역시 그런 생각을 계속 해오던 찰나였습니다. 골칫거리를 해결해 주는 김에 전부 다 해소시켜 버리는 것이지요."

"그래, 그런 것이지. 또한 인간들 역시 그것을 바라고 있을 것이고."

"말은 하지 않았지만 우리의 도움을 한 번 더 바라고 있겠지요."

"그럼 한 번 더 도와주기로 하지. 마지막으로 말이야."

"예, 알겠습니다."

아나베르스와 화수는 고향으로 돌아가는 스케줄을 비행선 발사 가능 시간으로 잡기로 결정했다.

4장

추석

완연한 가을, 원래 지구는 이 시기에 가장 많은 명절과 축제가 벌어지곤 한다.

가을은 농부들이 수확을 하는 계절이기 때문에 일 년 중 가장 풍요로운 날이다.

때문에 평소에는 잘 먹지도 못했던 음식을 해 먹거나 거하게 용돈을 돌리기도 한다.

아이들은 이때만 해볼 수 있는 놀이로 명절을 지내면서 풍요로움이 얼마나 행복한 것인지 알아가게 된다.

또한, 유교국가에선 이 모든 것이 조상들의 덕이라고 믿어

차례를 지내기도 한다.

화수는 전군에 휴식 명령을 내리고 경계 병력을 제외한 모든 사람을 고향으로 돌려보내 각자의 추석을 보내도록 했다.

병사들은 각 지역의 문화에 따라 송편을 해 먹거나 칠면조를 구워먹는 등의 명절을 보낼 것이다.

하루 벌어 하루 먹을 것도 없다고 아우성인 요즘이지만 하루쯤 놀고먹어도 집안이 무너질 정도로 가난하지는 않다.

게다가 요즘은 어업과 농업이 다시 번성을 이루고 있기 때문에 자연재해가 닥치지 않는 한 사람이 굶을 일은 없었다.

인간으로 폴리모프 한 아나베르스는 카미엘과 함께 화수의 집에 머물며 추석을 지내기로 했다.

아나베르스는 반달모양의 송편을 빚으며 물었다.

"쌀로 빵을 해 먹다니, 아주 창의적인 생각이군. 왜 루야나드에선 쌀로 빵을 만들어 먹을 생각을 하지 못했을까?"

"주식이 밀이니 그렇겠지요."

"하지만 쌀을 주식으로 먹는 다른 대륙도 마찬가지로 쌀로 빵을 구워 먹진 않지 않나?"

"후후, 지역적 특색이라고나 할까요?"

화수는 자신의 고향에서 지내는 명절을 아나베르스에게 소개했는데, 그는 한국의 모든 관습이 아주 신기하다는 듯이 배움에 임하고 있었다.

방앗간에서 송편거리를 해온 지수는 금발의 청년으로 폴리모프한 아나베르스에게 물었다.

"정말 송편은 처음 빚어 보시나요?"

"그렇소. 이런 모양의 빵을 먹어본 기억은 전혀 없소이다."

그녀는 삐뚤빼뚤한 그의 송편을 가리키며 말했다.

"그렇게 못생긴 송편은 도대체 누가 먹으라는 건가요?"

"이게 못생겼단 말이오?"

"그건… 거머리잖아요?!"

아나베르스는 마치 거머리처럼 뭉뚝하고 쭈글쭈글한 모양으로 송편을 빚었는데, 겉을 하도 주물럭거려서 반죽이 새까맣게 변해버린 것이었다.

정말 멀리서 보면 거머리처럼 생긴 이 송편을 과연 누가 먹을 것인지 의문이 들긴 했다.

하지만 아나베르스는 오히려 그녀를 나무랐다.

"먹을 것이 맛만 있으면 그만이지, 뭘 그렇게 까다롭게 구는 것이오?"

"…보기 좋은 떡이 먹기도 좋은 법이에요. 아셨어요?"

"뭐, 그렇다면야 할 수 없지만…."

아나베르스가 보기엔 크고 겉이 부드러운 것이 먹기 좋아보였다.

그러나 이 땅의 풍습은 전혀 그렇지가 않았으니, 그로선 도 저히 이해를 할 수가 없었다.

하나, 그는 드래곤 중에서도 가장 현명하다는 골드 드래곤 이며, 일족의 로드를 맡고 있는 사람이다.

당연히 그녀의 타박을 받아들여 순식간에 송편을 보기좋 은 모양으로 바꾸었다.

사삭!

"어, 어라? 모양이 바뀌었네?"

"자, 이러면 어떻소?"

"그래요! 이렇게 빚어야 먹을 맛이 나죠!"

"그렇군, 바로 이것이 지구에서 원하는 모양인 것이군."

그는 지금까지 수많은 것들을 보고 배웠지만 아직도 자신 은 우주의 먼지라고 생각했다.

그것은 블랙홀을 넘어오면서 조금 더 명확해졌고, 이제부 터 그는 배움을 게을리하지 않겠다고 다짐했었던 것이다.

지수는 흡족한 표정으로 그의 송편을 찜기에 넣었고, 아나 베르스는 그것이 어떤 모양으로 변할지 기대하며 떡이 다 쪄 지기를 기다렸다.

*　　　*　　　*

추석에는 송편 말고도 꽤 많은 절식이 차려지는데, 오늘은 이방인 아나베르스를 위해 직접 전을 부치기로 했다.

치이이이익!

명태 전을 시작으로 동그랑땡, 꼬치산적, 육전, 토란국, 화양적, 꼬지전, 찜닭 등 무수히 많은 음식을 만들었다.

아나베르스는 그중에서도 꼬지전을 담당하기로 했다.

그는 꼬치에 길게 꿴 음식들에 밀가루를 묻히고 계란옷을 입혀 부치는 꼬지전을 바라보며 흥미로운 표정을 짓고 있다.

"오호라, 이렇게 음식을 꿰어 먹을 생각을 하다니… 한국이라는 나라는 참으로 신기한 나라군."

지수는 연신 감탄사만 연발하는 그를 바라보며 실소를 흘린다.

"보는 음식마다 창의적이라고 감탄하다니, 도대체 그 나라에는 무슨 음식들이 있기에 그런 거죠?"

그는 자신이 대륙에서 먹어보았던 가장 맛있었던 요리들을 나열해본다.

"살아 있는 오크를 잡아서 통째로 두개골을 파먹는 오크 골수요리가 최고였소. 그 맛은 아무리 뛰어난 시인이라고 해도 다 표현할 수 없을 것이오."

"뭐, 뭘 파먹어요? 골을 파먹어요?!"

"맛있소. 나중에 기회가 된다면 그대에게도 한 통 선물해 주고 싶소만?"

그녀는 질색하며 손을 내젓는다.

"돼, 됐어요! 오크인지 육크인지 뭔지, 나는 안 먹어요!"

"쩝, 그렇소? 맛있기만 한 요리인데……."

사실, 아나베르스는 인간의 후각과 미각과는 조금 다른 기준을 가지고 있다.

때문에 극도로 비리거나 역한 음식을 최고로 치며, 그곳에서 스며 나오는 풍미는 천하일미라고 생각할 것이다.

아마 그가 삭힌 청어나 삭힌 곤달걀을 먹는다면 엄지손가락을 척 들어 올릴지도 모를 일이다.

일이야 어찌되었건 이번에는 인간의 시각에서 음식을 만들어 먹겠다고 했으니 그에 초점을 맞춰야 할 것이다.

약 세 시간이 넘는 조리과정을 거친 후에야 음식이 전부 완성되었고, 교자상 위에 음식이 가득 차려졌다.

카미엘와 레비로스는 화수에게 이런 진수성찬을 먹어도 되는 것인지 다시 한 번 물었다.

"우리가 이렇게 호화스러운 상을 받아도 되겠나?"

"이건 너무……."

화수는 그들을 상 앞으로 이끌었다.

"괜찮습니다. 다른 집들도 이 정도 먹을 수 있도록 음식을 나누어주었습니다. 어차피 군량으로 사용하려던 물건들을 짜깁기한 것이라 질이 그리 좋지는 못합니다만, 그럭저럭 먹을 만할 겁니다."

"아니, 아닐세. 이정도면 훌륭하지!"

아나베르스는 자리에 앉자마자 자신이 만든 꼬지전을 한 입 베어 물었다.

"한국에는 이런 말이 있다지? 먹다 죽은 귀신이 때깔도 곱다고 말이야. 잘 먹겠네!"

"허, 참… 이제는 이곳 사람이 다 된 것 같아."

"쩝쩝……! 으음, 좋군! 이런 신선한 맛이 다 있다니……!"

화수와 지수는 허겁지겁 상을 비워나가는 아나베르스를 바라보며 실소를 흘렸다.

그리고 카미엘과 레비로스는 그가 상을 반쯤 비워나갈 때쯤에서야 수저를 들고 그 대열에 동참했다.

"잘 드십니다. 미각이 조금 비뚤어졌다고 하시더니."

"이곳으로 오면서 다시 고쳐진 모양이지."

분명 아나베르스는 루야나드에서 음식을 먹어본 경험이 그리 많지가 않았다.

미각 자체가 다르기 때문에 인간의 것은 아예 입에도 대지 않았던 것이다.

하지만 한식은 입에 잘 맞는지, 아주 마파람에 게 눈 감추

듯 먹어치우고 있다.

지수는 그런 그를 바라보며 뿌듯하게 웃었다.

"밥을 한 그릇 더 드릴까요?"

"좋소!"

"잘 먹네."

역시 잘 먹는 사람은 어디를 가도 푸대접은 안 받는 법, 그녀는 아나베르스가 마음에 드는 모양이었다.

*　　　*　　　*

폭풍 같은 식사를 마쳤으니 이젠 동네 사람들이 함께 모여 놀이를 즐길 차례다.

베네노아는 물론이고 리처드, 로이드, 찬미와 샤넬리아까지 함께 화수의 집에 모여들었다.

오늘은 추석이지만 특별히 사람들이 많이 모였으니 윷놀이를 하기로 했었던 것이다.

화수는 집안 행사를 모두 마치고 온 세라와 함께 놀이에 참가하기로 했다.

이번 윷놀이는 두 명이 네 개의 말을 가지고 진행할 예정인데, 말을 업고 달릴 수 있고, 뒤로 한 칸 물러나는 빽도가 적용될 것이다.

그러니까, 말이 한 마리를 업고 도에 삑도가 초장부터 나오면 게임은 그대로 끝이다.

하나, 네 마리가 모두 다 들어와야 하기 때문에 두 번 연속의 운이 따라줄 사람은 그리 많지 않을 것이었다.

베네노아는 리처드와, 로이드는 찬미, 샤넬리아는 카미엘, 레비로스는 아나베르스와 편을 이루었다.

당연히 화수와 세라는 한 팀이 되었고, 지수는 중간에서 심판을 보기로 했다.

"자, 시작 합니다! 첫 번째는 아나베르스 씨와 레비로스 씨!"

"와아아아!"

비록 작은 마을에서 벌어지는 윷놀이였지만, 분위기는 제법 달아올라 있었다.

가장 먼저 윷을 잡은 아나베르스가 자신의 홍대로 윷을 던졌다.

"돌아라!"

촤라락!

이윽고 그의 손에서 개가 만들어졌다.

"개가 나왔네요! 두 칸 움직이세요!"

말판 위에 아나베르스의 노란 돌이 두 칸을 움직이자, 그 다음 차례인 화수가 회심의 미소를 지었다.

"후후, 이거 참 미안해질 것 같은데, 어쩌죠?"

"무, 무슨 소리이지?"

"아까도 들으셨겠지만, 먼저 출발한 말을 뒤에 있는 말이 잡으면 잡은 말은 한 번 더 던질 수 있고 잡힌 말은 처음부터 다시 시작해야 합니다."

"뭐, 뭣이?! 이게 그런 뜻이었나?!"

"예, 아나베르스 님."

"이런……."

네 개의 윷 중에 두 개가 뒤집어 질 확률은 생각보다 상당히 높아서, 초장에 두 개가 뒤집어지면 남의 발판이 될 수밖에 없다.

"자, 던집니다!"

휘릭!

화수는 안타까운 표정의 아나베르스를 뒤로 한 채 윷을 던졌고, 아니나 다를까 개가 나왔다.

"개! 개가 나왔네요!"

"아싸!"

"이런 젠장……!"

둘의 희비가 엇갈리면서 게임은 급물살을 타기 시작한다.

"자, 좋아요! 화수, 한 번 더!"

"돌아라! 윷이요!"

차락!

화수는 정확하게 윷을 뒤로 넘겼고, 그의 말처럼 정말 윷이 나왔다.

"어, 어어?!"

"이, 이건 사기야! 혹시 마법을 쓴 것 아니야?!"

"설마하니 제가 드래곤 앞에서 마법을 썼겠습니까?"

"하긴……."

온갖 의혹이 다 돌아왔으나, 화수는 꿋꿋하게 말을 옮겼다.

"제가 먼저 갑니다! 하하하!"

"이런……!"

화수는 아주 손쉽게 앞서 갔고, 그 이후에 다시 윷을 던져 걸을 뽑아냈다. 이로서 그는 한 번에 아홉 칸을 움직이게 된 것이다.

그를 이어서 윷을 잡은 사람은 바로 리처드, 그는 무심한 표정으로 윷을 던졌다.

"아무것이나 나와라."

차락!

리처드는 무심결에 윷을 던졌는데, 모가 나왔다.

"모, 모가 나왔네요!"

"오오! 다섯 칸이나?!"

그는 베네노아가 말을 움직이는 동안 다시 윷을 던졌고, 이번에는 윷을 만들었다.

"윷?! 화수의 말을 잡았네요?!"

"죄송합니다, 형님!"

"……."

원래 윷놀이는 마구 뒤집혀야 제맛인 법, 화수는 실소를 흘렸다.

"후후, 그래! 원래 이 바닥이 그런 법이지! 자자, 오늘 다들 한 번 피 터지게 던져봅시다!"

화수와 아나베르스의 희생으로 윷놀이는 점점 더 흥미를 더해가고 있었다.

*　　　*　　　*

엎치락뒤치락 승부가 잘 나지 않던 윷놀이는 결국 막판에 백도 신공으로 화수가 우승을 거머쥐게 되었다.

별다른 상은 없었지만 누군가가 이겼다는 것만으로도 게임은 충분히 재미있게 끝났다.

이제 슬슬 밤이 다가오고 있었고, 화수는 이쯤에서 화투를 꺼내든다.

"아나베르스 님, 혹시 지구의 카드 게임에 대해서 궁금하지 않으십니까?"

"카드 게임? 도박 말인가?"

"예, 그렇습니다."

"후후, 자네가 뭘 좀 아는군. 인생의 매력은 도박에 있게 마련이지."

뭇 남성들이 적당한 도박을 즐기는 것처럼 아나베르스 역시 신사적인 도박을 상당히 좋아하는 편이었다.

그는 자연스럽게 화수가 이끄는 고스톱 판에 끼어들게 되었다.

화수는 아주 자세히 고스톱의 룰을 설명하기 시작했는데, 아나베르스는 한 번 듣고 그 심화 과정까지 전부 다 한 번에 익힐 수 있었다.

그리하여 레비로스까지 세 사람은 본격적인 고스톱 판을 벌이게 되었다.

"밤일낮장, 제가 선이군요."

화수가 선을 잡았고, 두 사람은 오징어를 씹어 먹으며 패를 섞는 그를 바라본다.

"혹시 속임수를 쓰는 것은 아니겠지? 루야나드에서도 가끔 도박을 속임수로 치는 녀석이 있거든."

"후후, 제가 그렇게까지 치졸한 놈 같습니까? 절대 그렇지 않습니다."

"그래? 그렇다면 다행이고."

아나베르스가 쓸데없는 의심을 품을 리는 없었기에 아마도 그는 화수를 도발하기 위해 이런 소리를 했을 것이다.

하지만 화수는 그런 그의 도발을 정면으로 받아쳐 버렸다.

"저는 도박에 강합니다. 아까 윷놀이로 두 분을 아주 눌러 버린 것을 보면 아시겠지요?"

"…그, 그건 그렇지."

억울하지만 인정할 수밖에 없는 사실.

아나베르스는 조금 풀이 죽은 채로 도박판에 앉았다.

타악!

패가 섞이는 경쾌한 소리가 들려왔고, 화수는 빠른 손놀림으로 바닥에 정해진 룰대로 패를 돌렸다.

샥샥샥샥—

레비로스와 아나베르스는 각각 일곱장의 패를 집어 들었는데, 이제 이것으로 본격적인 게임이 시작될 것이다.

가장 먼저 패를 낼 사람은 화수, 그는 거침없이 패를 내려놓는다.

타악! 타악!

"좋아, 초반부터 광이 두 장이나?"

"…꽤 하는군."

"자, 시간 없습니다. 어서 치시지요."

"좋네……."

아나베르스는 사실 지금 먹을 패가 전혀 없어 눈치를 살피고 있는 중이었다.

그렇다고 저 앞에 무슨 패가 잠자고 있을 지 투시를 하는 치사한 방법을 쓸 수는 없는 노릇이니, 그저 막막할 따름이다.

"에라, 모르겠다!"

따악!

힘차게 패를 내려놓은 아나베르스, 하지만 패가 붙지는 않는다.

"이런, 먹을 것이 없으셨던 모양이군요. 그래서 어디 이기실 수 있겠습니까?"

"…빨리 돌지."

레비로스는 뒤이어 곧바로 패를 냈는데, 하나는 자신이 가져가고 똥 광을 남겨두게 되었다.

"어, 어라?"

"이, 이봐! 자네! 왜 그러는 건가?! 여기서 똥 광을 뒤집으면 어떻게 해?!"

"도박은 불가항력적인 일입니다. 속임수를 쓰지 않는 이상 별수 없다는 소리죠."

"끄응……!"

이윽고 화수는 회심의 미소를 지으며 다시 한 번 패를 내려놓는다.

"후후, 이로서 게임은 끝난 것 같군요."

"뭐, 뭐라?"

화수는 똥광을 자신이 취했고, 나머지 패마저 자리로 가지고 왔다.

"보자, 삼광이니까 원고를 할 수 있겠군요. 아까 말씀드렸지요? 3광은 3점이라고."

"그, 그렇지⋯⋯."

"자, 고!"

판을 계속 돌린다는 뜻의 고가 선언되었고, 아나베르스는 죽을상이 되어 패를 냈다.

"⋯이런!"

타악, 타악!

다행이도 패가 두 장이나 붙었지만, 그것만으론 이 판을 뒤집기엔 역부족이었다.

레비로스는 먹을 패가 없어 그냥 자신이 들고 있던 아무 패나 던졌고, 그 뒤를 이어 광이 한 장 더 나왔다.

그러자, 아나베르스가 광분하여 레비로스에게 노발대발 소리친다.

"아니, 지금 이게 뭐하는 짓인가?! 자네 둘, 혹시 나 몰래 결탁이라도 했던가?!"

"…이게 무슨 전쟁입니까? 결탁을 하게."

"하, 하지만……."

"그냥 로드와 제가 운이 없는 겁니다."

"크윽!"

세상에서 자존심 하나는 그 무엇보다 센 드래곤에게 패배란 결코 있을 수도, 있어서도 안 되는 일이었다.

그러나 지금 이 판은 아무리 생각을 해봐도 이길 수 있을 것 같지가 않았다.

"후후, 투 고 들어갑니다! 다들 긴장하시죠!"

타악!

화수는 호언장담한 대로 광을 먹었고, 그 뒤를 이어 광이 한 장 더 나왔다.

"젠장!"

"하하, 하하! 아무래도 두 분께서 정말 운이 무척이나 없는 모양입니다?"

"끙……."

자꾸만 앓는 소리를 내는 아나베르스. 두 사람은 모르고 있었지만 아나베르스는 지금 속에서 천불이 나고 있었다.

확 브레스를 토해내 판을 엎을까도 생각했지만 그것은 지성체로서 어긋나는 행동이다.

'별수 없지…….'

부정의 단계를 넘어선 체념, 아나베르스는 더 이상 도박으로 화수를 꺾을 수 없다고 생각했다.

그리고 이제 다시는 그와 도박을 하지 않겠다고 다짐했다.

*　　*　　*

고스톱을 치고 난 후, 화수는 집안에 있던 모든 술을 꺼내와 다시 한 번 술판을 벌였다.

아나베르스와 레비로스는 아까 당했던 도박판에서의 굴욕을 잊지 않고 있었지만, 그런 사소한 감정을 가슴 속에 담고 있을 사람들은 아니었다.

아까 저녁에 만들었던 음식과 함께 마시는 술자리이기에 레비로스는 다른 사람들보다 훨씬 더 신이 나 있는 것 같았다.

"하하, 나는 한국이 좋아! 이렇게 엄청나게 많은 술이 있다니 말이야!"

"술은 다른 나라에도 많습니다만?"

"하지만 나의 입맛에 맞는 술은 별로 없어. 이 지방 술이 나와 가장 잘 맞는단 말이지! 하하하하!"

지금까지 가만히 입을 다물고 있던 레비로스가 한 번 호탕

해지기 시작하자, 카미엘은 고개를 가로저었다.

"또 시작이군⋯⋯."

"어이, 카미엘! 한 잔 받으라고!"

"이 친구, 또 취했군. 취하기만 하면 징그럽게 엉겨 붙는 습관이 있어서 짜증나지."

"그, 그렇습니까?"

"흐흐흐, 이 친구!"

레비로스는 카미엘을 끌어안은 채 그의 얼굴에 자신을 볼을 마구 비볐고, 카미엘은 질색하며 몸을 뒤로 물렸다.

"어허, 거참! 따가워! 따갑다고!"

"흐흐흐! 뭐 어때? 이리 오시게!"

"저 징그러운 놈!"

"흐흐흐흐!"

화수는 잘 모르는 것이 하나 있었는데, 그것은 바로 레비로스가 지금까지 점잖은 척 자신을 속이고 있었다는 것이었다.

그는 스스로 대천사의 전령이라는 무게감을 이겨내기 위해 점잖게 행동을 하고 있었지만, 그것은 레비로스와 가장 거리가 먼 일이었다.

만약 레비로스가 황제가 되지 않았다면 지금쯤 거리에 부랑자들과 함께 술이나 퍼마시고 있었을 것이다.

물론, 카미엘이 그런 꼴을 두고 볼 리가 없겠으나, 그는 죽을 때까지 술을 마시다 떠나는 것이 소원인 사람이었다.

　최소한 술에 절어 고주망태가 되어 살아갈 것임은 틀림이 없다는 소리였다.

　그런 두 사람을 바라보는 지수의 표정에는 미소가 가득하다.

　"이젠 정말 이 세상에 전쟁이 사라지긴 했나보다, 저 아저씨들의 주정을 볼 수 있다니 말이야."

　"그러게."

　화수 남매와 그의 친구들은 이 땅에 전쟁이 종식될 수 있으리라곤 전혀 생각하지 못했다.

　원래 지구는 언데드가 침공하기 전부터 전쟁이 계속되고 있었고, 그로 인해 죽어나간 사람도 꽤나 많았다.

　그것이 불과 1년도 채 지나지 않았던 것을 생각하면 세상은 두 사람이 자각하기도 전에 변해버린 셈이었다.

　지수는 이따금 들리던 동네 아저씨들의 주정소리가 없어지자, 너무나 삭막하다는 생각을 했었다.

　하지만 이제 잠깐이나마 카미엘과 레비로스가 그 풍경을 대신 연출해 주고 있었다.

　"그리웠어. 이런 일상이 말이야."

　"나도."

남매는 어려운 시절을 함께 보낸 만큼 서로에 대한 애착이 상당히 두터웠는데, 특히나 자신들만의 세계를 구축하는 것을 꿈처럼 여기고 있었다.

어렸을 때부터 생각했던 유토피아는 다름 아닌 두 사람의 상상 속에 있었던 단란한 동네였다.

지금 저 두 중년인이 보여주고 있는 광경이야말로 그들이 진정으로 바라던 것인지도 모른다.

지수는 오랜만에 기분이 좋아져 술을 몇 잔이고 더 마셨다.

* * *

화수네 집에서 아나베르스와 레비로스, 그리고 카미엘이 떠나는 날.

지수와 세라는 그들을 보내는 것이 무척이나 아쉬운 모양이었다.

"…정말 가시는 건가요?"

"만남이 있으면 헤어짐도 있는 법이라네. 젊은 아가씨."

"하지만 이제 가시면 다시는 못 오시는 거잖아요?"

"그건 모르는 일이지. 자네와 내가 인연이 있다면 다시 만나는 날이 오지 않겠나?"

"정말 그럴까요?"

"물론, 끝은 또 다른 시작일 뿐이야. 명심하게, 이 세상에 진짜 끝이라는 것은 없어. 그것은 단순히 또 다른 시작을 의미하는 것일 뿐."

"알겠어요. 명심할게요."

아나베르스는 그녀에게 황금색 동전을 하나 건넨다.

"이것을 선물로 주겠네."

"이게 뭔가요?"

"우리 종족 대대로 내려져 오는 주화라네. 인간들의 세상을 관조하면서 처음으로 만든 동전이지. 그 가운데 그려져 있는 용이 바로 나야. 고로, 이 동전은 나를 상징하는 것이지."

"으음, 그렇군요."

"이것을 가지고 있다 보면 꼭 내가 아니라도 나를 닮은 누군가를 다시 만날 수 있지 않겠어?"

"그러네요. 고마워요."

이제 정말 이별을 고할 시간, 세 사람은 화수와 친구들에게 손을 흔든다.

"잘 있게. 우리는 가네."

"…조심히 가세요."

"꼭, 꼭 다시 보자고. 꼭!"

"네!"

지수는 이제 막 친해진 저들을 보내면서 눈물을 흘렸다. 하지만 화수는 굳이 그 눈물을 닦아주지 않았다.

이 눈물이 있어야 저들의 기억이 더 또렷하게 남을 것이기 때문이었다.

'좋은 인연이었다.'

화수는 영영 저들의 뒷모습을 잊지 못할 것이다.

5장

이별

　연합군 행정국이 있는 인천, 이곳에선 우주선 발사를 위한
작업이 한창이었다.

　치지지지직—!

　화수가 개발한 만능용접기를 착안하여 만든 초대형 용접
로봇은 한 치의 오차도 없이 정확하게 발사 장치를 조립하고
있었다.

　연합군에서 설계하고 카미엘이 감수한 발사 장치는 마나
융합발전기를 이용하여 추진력을 조달하고 다 쓴 후에 철거
가 용이하도록 반 조립 상태로 개발되었다.

때문에 분업화는 아주 철저하게 이뤄졌으며, 이 모든 것을 완성하는데 걸리는 시간은 이제 일주일도 남지 않은 상황이었다.

카미엘은 화수에게 우주선이 떠나는 시점에 자신도 함께 떠나겠다고 말했다.

"…드디어 가시는군요."

"우린 언젠가 떠나야 할 사람이었네. 기왕지사 가는 것이라면 일찍 가는 것이 좋지 않겠나?"

"뭐, 그건 그렇습니다만……."

화수는 더 이상 말을 잇지 못한 채 고개를 숙였고, 카미엘은 그런 그의 어깨를 토닥여주었다.

"알잖나? 사람은 언젠가 이별하게 마련이라는 것을."

"…그렇지요."

이 세상에는 무수히 많은 만남이 있고 그 만남은 이별이라는 필연을 만들어낸다.

인간과 인간이 만나 서로 교감하여 골이 깊어져 헤어지는 것도 이별에 속하지만, 한쪽이 죽어 없어지는 것도 하나의 이별이다.

지금 카미엘은 죽어서 없어지는 존재가 아니었지만, 원래이 세상 사람이 아니었다.

그렇기 때문에 그 언젠가 시간이 흐르면 자연스럽게 돌아갈 운명이었던 것이다.

카미엘은 자신의 애병인 레이피어를 화수에게 건네며 말했다.

"이제부턴 자네가 지구에 마도학을 꽃피우게. 그리고 이것으로 계속해 지구를 지켜주게나."

"사, 사부님……."

그는 화수에게 악수를 청한다.

"한 때나마 자네의 몸에 신세를 졌던 것, 아주 고맙고도 미안하게 생각하네. 하지만 그로 인해 자네가 배운 것도 있을 테니, 아주 나쁜 일이라고는 생각하지 않아."

"물론입니다."

"앞으로 자네가 이 마도학이라는 학문으로 인해 행복해졌으면 좋겠어."

"그러겠습니다. 사부님 역시 행복한 사람이 되십시오."

"후후, 그래."

두 사람은 맞잡은 손에 힘을 불어넣어 아쉬움을 표현했다.

*   *   *

우주선이 개발되고 발사준비를 마치는데 걸린 시간은 일주일 남짓, 이제 드래곤들과 마도병단도 떠날 차비를 모두 마쳤다.

그들은 언데드의 폐기물이 담긴 우주선을 타고 블랙홀까지 들어가 다시 화이트홀로 나와 루야나드로 돌아가기로 했다.

아마도 이제 돌아가면 그들은 다신 지구로 돌아오지 못할 것이다.

시민들은 드래곤들과 마도병단을 떠나보낼 수 없다는 운동을 벌이기도 했으나, 그것으로 카미엘을 붙잡기엔 역부족이었다.

인천 연안부두에 설치된 우주선 발사대, 카미엘은 자신의 군대와 말을 우주선에 실었다.

드래곤들 역시 자신들의 용언을 축적해놓은 환을 입에 머금어 혹시나 모를 상황에 대비하기로 했다.

위잉, 위잉, 위잉!

—발사대가 곧 작동합니다. 시민들께선 안전선 밖으로 물러나 주십시오.

사이렌이 울리며 카미엘과 드래곤들이 우주선으로 들어섰다.

그러자, 인간 기술자들은 자동항법장치로 화성까지 쉬지 않고 갈 수 있도록 설정을 마쳤다.

—발사준비 완료, 이제 이륙할 수 있습니다. 명령을 내려

주십시오.

화수는 카미엘과 드래곤들이 타 있는 우주선을 바라보며 살며시 눈을 감는다.

'좋은 시간이었다.'

그는 카미엘이 환생하여 자신의 몸속에 들어오면서부터 일어났던 일들에 대해서 상기한다.

때로는 울었고, 때론 웃었으며, 좌절하고 분노했던 적도 많았다.

하지만 이제 와서 돌이켜보니 그 모든 것은 화수가 여기까지 오도록 인도하는 이정표와 같았다.

그는 이제 그 이정표를 추억으로 기억하며 계속하여 이 지구를 영유하게 될 것이다.

이윽고 눈을 뜬 화수가 마이크를 잡았다.

"내가 직접 카운트를 하겠습니다. 조종실을 연결해 주세요."

"예, 장관님."

마이크를 잡은 화수에게 조종실에 앉은 카미엘이 말했다.

ㅡ잘살게.

"예, 사부님. 안녕히 가십시오."

두 사람의 인사는 짧았고, 드디어 카운트다운이 시작되었다.

—…10, 9… 5, 4, 3, 2, 1.

화수는 끝내 한 방울 눈물을 흘렸고, 우주선은 하늘 높이 날아오를 준비를 마쳤다.

—발사!

슈가가가가가각!

새하얀 연기가 지상을 가득 채웠다.

그리고 마도병단과 드래곤은 이내 그 모습을 감추고 말았다.

*　　　*　　　*

일주일 후, 마도병단과 드래곤들은 화성에 도달할 수 있었다.

이제 카미엘은 블랙홀로 다시 들어가 이 기나긴 여정에 마침표를 찍게 될 것이다.

카미엘 일행은 화이트홀로 다시 나와 루야나드에 도착하게 될 터인데, 더 이상 과거로 돌아갈 수 없게 될 것이다.

레비로스는 더 이상 볼 수 없게 된 아내 엘레니아를 떠올리며 쓸쓸한 미소를 지었다.

'간절히 바라도 이뤄지지 않는 것이 있구려. 잠시나마 그대와 진정 사랑한 것을 평생 추억으로 간직하겠소.'

길었던 결혼생활, 하지만 레비로스는 단 한 번도 그녀를 진심으로 대해준 적이 없었다.

다시 만난 그녀와 이제는 진정한 사랑을 나누었으나, 그 모든 것은 환영처럼 사라져 버렸던 것이다.

이제 레비로스는 과거의 그녀, 혹은 다른 세계선의 그녀에게 나쁜 남자, 옛 사랑으로 남을 것이다.

쓸쓸한 표정을 짓고 있던 레비로스에게 카미엘이 다가와 이 쓸쓸함의 연유에 대해 물었다.

"어째서 그렇게 무거운 표정을 짓고 있나?"

"…사람은 한 번쯤 그런 날이 있지 않나? 신체는 변해도 그 안에 들어 있는 영혼은 변하지 않는 법이지."

카미엘은 실소를 흘리며 그의 어깨를 두드렸다.

"훗, 무슨 말인지는 잘 몰라도 자네가 가을을 타는 것이 분명하군."

"가을이라, 하긴. 지금쯤 루야나드도 한창 가을이 완연해 있겠군."

지구와 루야나드는 블랙홀 하나를 사이에 두고 있을 뿐, 전체적인 계절의 변화는 비슷하다고 볼 수 있다.

레비로스는 자신이 일행과 함께 가지고 온 언데드의 폐기물을 바라봤다.

"이제 이것들을 처리하고 돌아가자고."

"그래, 그러자고."

카미엘은 마도병단과 드래곤들에게 이제 곧 블랙홀에 진입함을 알렸다.

"블랙홀에 진입한다. 마도병단은 이제 곧 우주선을 나와 화이트홀로 들어갈 준비를 서두를 수 있도록."

"예, 알겠습니다."

"로드께서도 준비를 하시지요."

"알겠네."

3만 6천의 이방인은 블랙홀의 강력한 자기장으로 몸을 밀어 넣었고, 그로 인해 극심한 충격을 받았다.

쿠그그그그그그!

"크윽! 역시 진입이 쉽지는 않군!"

인간은 결코 들어올 수 없다고 알려진 금역으로 벌써 몇 번째 여행을 거듭하는 것인지 헤아리기도 귀찮을 정도인 카미엘이었지만, 여전히 특유의 긴장감은 변하지를 않는다.

우주선을 타고 자기장을 넘은 그는 곧장 블랙홀의 하부로 폐기물들을 내려 보냈다.

"화물을 분리하겠다."

ㅡ알겠습니다.

그는 총 50기의 우주선에 무전을 보냈고, 그들은 일제히 화물칸을 분리하여 블랙홀 아래로 내려 보냈다.

위잉, 철컹!

─완료되었습니다. 이제 곧 마이너스 홀로 폐기물이 빨려 들어갈 겁니다.

"좋아, 그럼 이대로 우주선을 나와 화이트홀로 내려가도록 하지."

카미엘이 레비로스와 함께 우주선을 나오던 바로 그때였다.

끄그그그그그그그!

마치 날카로운 물체가 철판을 긁는 듯한 쇳소리가 들려오더니, 이내 블랙홀이 심하게 흔들리기 시작했다.

"이, 이게 무슨 일이지?!"

"서, 설마 블랙홀이 붕괴하고 있는 건가?!"

"그건 있을 수 없는 일이야! 어떻게 아공간이 무너져 내릴 수 있단 말인가?!"

"그렇지 않고선 이런 일이 일어날 수 없네!"

카미엘과 레비로스가 살 길을 모색하기 위해 우주선 밖으로 나왔고, 마도병단과 드래곤들 역시 같은 행동을 하고 있었다.

순간, 그런 그들의 아래로 엄청난 양의 마이너스 에너지가 응축을 시작했다.

꾸그그! 꾸그그그그그그!

마이너스 에너지가 응축하기 시작하자, 블랙홀 내부의 단위 질량이 기하급수적으로 늘어나 아공간이 5억 분의 1로 압축되어 갔다.

공간의 압축은 블랙홀 안에 또 다른 블랙홀이 생성되고 있다는 것을 반증하고 있었다.

"제, 제기랄! 이곳에서 빠져나가지 않으면 모두 우주의 미아가 되고 말겁니다!"

"어서 피하자고!"

드래곤들은 자신들의 앞에 있는 마도병단을 비늘 사이에 끼운 채 날갯짓을 시작했고, 엄청난 바람이 마이너스 에너지를 밀어냈다.

카미엘은 레비로스의 손을 잡고 화이트홀로 향하고 있었는데, 자신의 뒤로 빠르게 무너져 내리고 있는 아공간을 바라보며 외쳤다.

"블랙홀이 무너진다! 조금 더 속력을 내야 해!"

"안 그래도 그러고 있다네! 하지만 그것이 말처럼 쉽지가 않군!"

레비로스는 자신이 가진 모든 신성력을 동원하여 탈출을 감행하고 있었으나, 블랙홀의 응축이 워낙 순식간에 일어나다 보니 그 속도를 따라가지 못하고 있었다.

이에 카미엘은 자신이 나서야 할 때가 왔다고 느낀다.

"윈드 스톰!"

고오오오오오—!

비록 마법을 배가시키는 레이피어를 지구에 두고 오긴 했지만 여전히 카미엘은 9서클의 대마법사다.

그는 순식간에 8서클 고위마법을 캐스팅하여 블랙홀 내부에 태풍을 일으켰다.

우루룽, 콰앙!

윈드 스톰이 만들어낸 바람과 함께 블랙홀 내부에는 낙뢰가 떨어져 내렸는데, 덕분에 난기류가 일행을 블랙홀 밖으로 밀어내고 있었다.

"돼, 됐다! 이제는 우리가 안전하게 탈출할 수 있어!"

"후후, 역시 내 친구군!"

레비로스와 드래곤들은 마침내 무너져 내리는 블랙홀의 입구에 도달했고, 끝내 그 밖의 빛을 볼 수 있었다.

하지만 블랙홀은 여전히 응축되어 그 입구가 사라질 정도로 빠르게 사라지고 있었다.

슈가가가가가각!

"블랙홀이 없어지고 있네!"

"흠, 아무래도 지금까지 블랙홀은 저런 현상을 반복하며 태어나고 사라졌던 것이 아닐까 싶네."

지구에는 수많은 블랙홀이 존재하지만, 그것이 항상 그 자리에 가만히 멈추어 있는 것은 아니었다.

카미엘이 생각하기엔 별의 죽음이 만들어낸 블랙홀은 다시 한 번 죽어 다른 블랙홀을 다른 차원에 만들어내는 것 같았다.

아마 지금 저 블랙홀 안으로 빨려 들어갔다면, 과연 어떤 차원에서 눈을 뜰지 전혀 감을 잡을 수도 없었을 것이다.

"자, 이젠 우리의 고향으로 돌아가자고."

"그래."

지금 이들이 나온 곳은 행성에서 조금 떨어진 곳이다. 아마 적어도 이틀 정도면 다시 땅에 발을 붙일 수 있을 것이었다.

*　　　*　　　*

지구에서 루야나드로 여행한지 한 달, 일행은 드디어 고향 땅을 밟을 수 있게 되었다.

카미엘과 일행은 중앙대륙 북부에 위치한 산맥에 안착하게 되었는데, 이곳은 벌써 추운 겨울이 완연했다.

휘이이이이잉!

카미엘과 레비로스는 옷깃을 여미며 산을 내려가기로 했다.

"우리는 이제 다시 인간세계로 돌아가야 할 것 같군."

"이곳에서 수도까진 얼마나 걸릴까?"

"적어도 석 달은 걸리겠지. 하지만 배를 만들어 간다면 족히 한 달이면 당도할 수 있을 것이네."

이윽고 카미엘과 레비로스는 자신들의 뒤에 서 있는 드래곤들을 바라본다.

그러자, 아나베르스는 무덤덤한 표정으로 말했다.

"아쉽군. 이제 자네들과 우리는 이별을 고해야 할 때가 온 것 같아."

"다시 당신들의 세상으로 돌아가시는 겁니까?"

"그래. 자네들과 같은 공간이면서도 우리의 공간을 찾아서 돌아가는 것이지."

"언제 다시 볼 수 있을까요?"

그는 거대한 입꼬리를 올리며 답한다.

"조만간 다시 만날 수 있을 걸세. 이제 우리는 더 이상 이 땅에 재앙이 일어나도록 방관하지 않을 것일세."

"다시 초야에 묻혀 살긴 해도 인간과 떨어져 지내지는 않을 것이라는 소리군요?"

"그렇다고 볼 수 있네. 우리는 자네들이 볼 수 있는 곳에 언제나 있을 것일세. 하지만 인간들 스스로 삶의 터전을 꾸리는데 더 이상 도움을 주지는 않을 거야."

"당연히 그래야지요. 지금부터는 우리 인간들이 천천히 풀어나가야 할 숙제인 것이지요."

아나베르스는 카미엘에게 검을 한 자루 건넸다.

그 검은 레이피어와 바스타드 소드의 중간쯤 되는 모양으로, 마치 조선의 별운검을 보는 것 같았다.

루야나드의 형식이라기보다는 한국의 양식을 따른 것 같이 생긴 이 검은 검신이 총 7가지 색으로 되어 있었다.

"받게."

"이게 뭡니까?"

"우리 일족의 장로들이 각기 신체 일부분을 떼어내 레드 드래곤의 브레스로 담금질을 한 검일세. 아마 미스릴이나 오리하루콘보다는 나을 거야."

"이, 이렇게 귀한 것을……."

"인연이 만들어준 선물이라고 생각하게."

그는 대천사의 검을 물려받은 레비로스를 가리키며 말했다.

"저 친구는 대천사 미카엘과 인연이 닿아 새로운 길을 걸어가게 되었네. 자네 역시 우리를 만나 새로운 길을 가게 되었다고 생각하네. 앞으로 자네는 이 대륙의 수호자가 되어 영원토록 이 땅을 지켜주게나."

"예, 로드. 명심하겠습니다."

이윽고 드래곤들은 일제히 날아올라 자신들이 둥지를 틀

곳으로 날아갔다.

레비로스와 카미엘은 그 모습을 바라보며 깊이 고개를 숙였다.

*   *   *

카미엘과 레비로스가 처음 도착한 곳은 에프릴런 산맥으로, 대륙 북부와 서남부를 가로지르는 거대한 산맥이었다.

그 옆으로는 아신스 강이 에프릴런 산맥을 통과하여 남부로 흐르고 있었다.

카미엘과 마도병단은 에르릴런 산맥에서 구한 목재들을 다듬어 배를 만들고 남하하기로 했다.

쾅쾅쾅!

각자 자신에게 맞는 무기를 잡고 나무를 베어낸 병사들은 이것을 깔끔하게 다듬어 재료로 사용하게 될 것이다.

카미엘 역시 드래곤들이 선물한 검을 이용해 나무를 베어내고 그것을 깔끔하게 다듬어 판자를 만들고 있었다.

뚝딱, 뚝딱!

레비로스는 그런 그의 곁에 서서 대패질을 하고 못을 만들어 연결부위를 고정시켰다.

두 사람이 합을 맞추고 있는 사이, 선박의 하부를 조립하기로 했던 병사들이 다가왔다.

"장군, 선실과 키를 완성시켰습니다. 이제 충각과 노, 돛대만 완성하면 됩니다."

"나무가 얼마나 필요할 것 같나?"

"길이 5미터 크기의 판자 80조각과 돛대로 사용할 나무만 있으면 될 것 같습니다."

"흠, 그렇군."

이곳에서 배를 건조하는데 걸린 시간은 대략 보름 남짓.

하지만 그 이후에 항해를 거듭하면 수도까지 당도하는 것은 그리 어려운 일이 아니다.

카미엘은 말을 타고 험준한 산맥을 넘는 대신 배를 건조하여 훨씬 더 빠른 길을 개척하기로 한 것이다.

병사들은 자신들의 고향으로 돌아갈 수 있다는 일념하에 치열하게 나무를 베고 망치질을 거듭했다.

카미엘은 그런 그들을 다시 한 번 독려했다.

"조금만 더 고생하자. 이제 우리의 지독했던 여행이 마침표를 찍으려 한다. 유종의 미를 거두어야지."

"예, 장군, 명심하겠습니다."

병사들은 다시 진영으로 돌아가 작업에 몰두하기 시작했다.

작업이 시작된 지 보름.

드디어 배가 완성되었다.

카미엘은 갑판 위에 올라 자신을 바라보며 일렬로 도열해 서 있는 병사들에게 말했다.

"항해를 시작한다!"

"예, 장군!"

마도병단은 대륙을 횡단하며 통일을 주도했던 만큼 육상 전투와 해상전투, 상륙전과 백병전, 특수전까지 모두 벌일 수 있도록 훈련받았다.

때문에 어떻게 하면 배를 더 빨리 몰 수 있으며, 어떤 부분을 조심해야 강을 무사히 건널 수 있는지 잘 알고 있었다.

또한, 3만의 군사는 각자 자신이 해야 할 일을 미리 배정받아 교육되었기 때문에 굳이 지시하지 않아도 자신의 자리를 찾아갔다.

카미엘은 자신의 부관 피로츠에게 항해를 지시했다.

"닻을 올려라!"

"예, 장군! 닻을 올려라!"

1등 항해사이자 만인대장들은 곧장 측량을 시작했고, 나머지 병사들은 돛을 조절하고 노를 저으며 천천히 배를 움직였다.

끼익! 끼익!

팔락!

1등 항해사들은 카미엘에게 이번 항해가 상당히 순조로울 것이라 말했다.

"순풍입니다. 역풍이 불 기미도 없으니, 이대로 조류를 따라간다면 족히 보름 안에는 남부까지 내려갈 수 있을 겁니다."

"그렇군. 노를 젓는 인원들에게 다시 올라와 휴식을 취하도록 지시하라."

"예, 알겠습니다."

노를 젓는 인원들과 대포를 쏘는 인원들까지, 전부 각자 배웠던 것을 되풀이하는 것이긴 하지만 이미 그들의 피로는 상당히 깊이 쌓였을 것이다.

카미엘은 이제 병사들을 편히 쉬도록 하여 체력의 안배를 두기로 했다.

과연 이 대륙이 어떻게 변했을지 알 수가 없었던 그는 앞으로의 일을 미리 대비하려는 것이었다.

그는 대륙의 황제였던 레비로스에게 물었다.

"이젠 어떻게 할 건가? 다시 고향으로 돌아가면 황권을 잡을 건가?"

"그래, 하지만 나는 제국을 공화정으로 돌릴 생각이네."

"공화정이라……."

"그 이후엔 제국에 근대화를 추진할 것일세. 그렇게 된다면 이곳에도 민주주의가 도래하지 않겠나?"

"흠……."

그 언젠가 카미엘과 레비로스는 대륙의 궁극적인 평화는 세력의 응집이 아닌 민주주의의 도래라고 말했었다.

하지만 현재 루야나드의 시민 의식이 근대화를 받아들이기에 적합하지 않은 것이 사실이었다.

근대화도 제대로 이뤄지지 않은 시점에서 민주주의를 이룩한다는 것은 그야말로 이론에 불과한 학설이었다.

몇몇 학자는 군주론이나 제국론 대신 민주주의나 근대화 발언을 내뱉었다가 처형을 당하기도 했다.

이것은 왕권을 약화시키고 제국을 폄하한다는 말도 안 되는 이유에서였다.

한마디로 지금 대륙은 민주주의를 옹립하기엔 너무나도 힘든 상황이라는 소리였다.

그러나 레비로스가 절대적인 권력을 손에 쥐게 되면 얘기는 달라진다.

"내가 공화정을 옹립하자면 자네의 도움이 꼭 필요하다네."

"…군부를 다시 장악하라는 말인가?"

"그렇지 않다면 이 땅에 평화는 결코 도래할 수 없을 것일세."

카미엘은 조금 심란한 표정을 짓는다.

"또 피를 본다는 것은……"

"대의를 위해 소를 희생한다고 생각하게. 우리는 권력을 잡고 다시 시민에게 그것을 돌려주어야 하네. 이 땅은 귀족의 것이 아니라 시민의 것이라는 것을 일깨워주어야 해."

"…아주 매력적인 제안이군."

"어떤가? 나와 뜻을 함께하겠나?"

그는 고개를 끄덕인다.

"좋네. 내가 자네를 돕도록 하겠네. 그리고 자네와 같이 우리 마도병단도 함께 뜻을 모을 것일세."

"고맙네."

두 사람은 뜨겁게 손을 맞잡았다.

*　　　*　　　*

중앙대륙 중부, 이곳은 초대형 평야 지대와 임야가 펼쳐진 곳이며 제국 최고의 곡창지대이기도 했다.

카미엘은 중앙대륙 중부에 잠시 배를 세우고 현재 대륙이 돌아가는 사정을 파악하기로 했다.

지금까지는 사람을 제대로 만나지 않고 항해만 거듭했기

때문에 자세한 사정을 알아볼 수 없었다.

이대로 제국으로 돌아간다고 해도 앞뒤 정황을 모르는 상황에서는 결코 제대로 된 생활을 할 수 없을 것이다.

레비로스는 날개를 접고 마도병단의 틈에 섞여 중부지역으로 향했다.

휘이이이잉―!

청량한 공기가 흘러 다니는 중부대륙, 이곳은 그 옛날 숲의 종족이 머물렀다는 전설이 전해져 내려온다.

또한 광룡 브나류크의 반란 획책으로 인해 쑥대밭이 되었으며, 20년 전에는 전란으로 인해 불바다가 되었다.

그럼에도 불구하고 중앙지역은 여전히 녹림이 우거져 있으며 곡창지대가 끝도 없이 펼쳐져 있었다.

카미엘은 아신스 강 유역에 위치한 작은 마을 테일런에 들러 자세한 사정을 들어보기로 했다.

테일런은 무려 10년 이상 이어진 풍작으로 인해 상당히 부유한 재정을 가지고 있었으며, 시민들의 생활수준은 상당히 높은 것으로 알려져 있었다.

카미엘은 이곳의 촌장인 조나단을 만나 현재 대륙의 상황에 대해 묻기로 했다.

그는 자신을 용병단의 수장이라고 말했고. 타 대륙에서 건너왔다고 둘러댔다.

그러자, 그들은 기꺼이 카미엘에게 정보를 제공하겠다고 말했다.

마을의 중앙에 위치한 회관에 조나단을 비롯한 10명의 장로가 모여 카미엘의 질문에 답했다.

"현재 중앙대륙은 모두 25개의 크고 작은 국가로 나뉘어졌습니다. 그중에서 가장 강성한 세력을 유지한 곳은 바로 한트 왕이 이끄는 블런트 왕국입니다."

"한트……."

카미엘은 자신의 숙적이었으며 제국의 재상이자 책략가 한트의 얼굴을 떠올렸다.

그러자, 그의 비릿한 미소가 카미엘의 속을 살살 긁어내리는 것 같았다.

"…어쩐지 썩 반가운 이름은 아닌 것 같군요."

"그건 저희도 마찬가지입니다. 블런트 왕국은 자신의 강대함을 무기로 주변 국가들에게 조공을 요구합니다. 그럼에도 불구하고 연합은 형성되지 않았지요."

"각자 이해관계가 엮여 있군."

"맞습니다. 제국이 25갈래로 갈라지면서 그곳에 속하던 자작령 이상의 영지는 모두 독립하여 자신들만의 국가를 세웠습니다. 그 이후에 다시 피바람이 불어 전쟁이 20년 이상 지속되었지요."

"그렇군요."

제국의 힘이 약해지면서 대륙에는 또다시 걷잡을 수 없는 피바람이 불어 닥쳤던 것이 틀림없었다.

촌장은 근심이 가득한 얼굴로 말을 잇는다.

"그 오랜 전국시대로 인하여 민생은 궁핍해져만 갔습니다. 그마나 이곳 중앙지역은 군사들의 충돌이 적었기 때문이 버틸 수 있었던 것이지요."

"흠……."

"지금도 전쟁은 이어지고 있고, 민생은 점점 더 피폐해져 갈 겁니다. 하지만 우리 같은 사람들은 어쩔 도리가 없지요."

"그렇군요."

그의 이야기를 가만히 듣고 있던 카미엘은 불현듯 제국의 상태가 궁금해졌다.

"그렇다면 현재 나르서스의 국호는 어떻게 되었습니까?"

"나르서스는 현재 왕국으로서 칭호를 바꾼 채 나르세우스를 중심으로 존립하고 있습니다. 하지만 가세가 기운 나르세우스로선 다시 일어서긴 힘들 겁니다. 아시다시피 그곳은 곡창지대가 있는 것도 아니고, 항구도시가 인접한 것도 아니니까요. 그마나 대운하를 가지고 있다는 것만이 유일한 장점이었으나 이미 전쟁으로 인해 막힌지 오랩니다. 더 이상 나르세우스에겐 미래가 없어요."

"그렇군요……."

카미엘은 마지막으로 질문 하나를 더 했다.

"말씀 감사합니다만, 마지막으로 하나만 더 물어봐도 되겠습니까?"

"그러시구려."

"현 왕조의 수장은 누구인지요?"

그는 자신의 앞으로 배달되었던 각 국가의 달력을 펼쳐 나르세우스의 인장을 찾아본다.

"어디보자… 여기 있군요. 나르세우스 폰 나르시아."

"나르시아?"

"아마도 레비로스 황제의 장녀일 겁니다. 섭정이었던 엘레니아 황비가 와병 생활을 하면서 그녀가 어쩔 수 없이 왕위를 물려받았지요."

순간, 카미엘의 고개가 좌로 살짝 기울어진다.

"누, 누가 왕위를 이었다고요?"

"엘레니아 황비의 딸, 나르시아 왕녀입니다. 아아, 지금은 여왕이라고 부르는 것이 맞겠군요."

"딸이라……."

원래 레비로스에겐 딸이 존재하지 않았다.

그렇지만 지금 이곳에는 레비로스의 딸이 왕 노릇을 하고 있었으며, 온전히 그의 이름을 잇고 있었다.

한마디로 지금은 레비로스가 죽은 지 20년이 흐른, 조금은 달라진 루야나드라는 것이었다.

'어떻게 된 일이지? 설마 블랙홀이 없어지면서 세계선이 하나로 합쳐졌나?'

만약 그의 예상이 맞다면 더 이상 루야나드의 존립에 문제는 없을 것이다.

하나, 앞으로 이 땅에 피바람을 종식시키자면 꽤 험난한 길을 가야 할 듯했다.

'이 또한 나의 길이 아니겠나?'

카미엘은 대의를 위해 다시 한 번 각오를 다졌다.

6장

외인 용병단 청룡회

　25개국의 난립으로 인하여 대륙이 황폐화되어갈수록 돈을 버는 이들이 있었으니, 그들은 바로 용병들이었다.

　25개의 나라에선 자국에 이득이 되는 용병들에게 아낌없이 돈을 퍼주었고, 그들은 칼로 사람을 죽이며 금을 얻어갔다.

　처음엔 병사 하루치 녹봉으로 시작했던 그들의 몸값은 20년 동안 계속 올라, 지금은 최상급 용병이 일개 기사의 녹봉과 비슷한 정도를 수령하게 되었다.

　물론, 용병들마다 차이는 있겠지만 평균적으론 농민과 어민들보다 족히 세 배는 번다는 것이 일반적이었다.

그러나 전쟁에서 살아남는 것이 그리 쉬운 일은 아니었기 때문에 아무나 용병을 할 수는 없는 노릇이다.

그럼에도 불구하고 용병의 숫자는 나날이 늘어가는 실정이었다.

카미엘과 마도병단은 3만의 군세를 네 갈래로 나누어 용병단을 조직했다.

그리곤 모두가 하나같이 나르세우스를 공격하기로 한 블런트 왕국군의 용병으로 참전했다.

현재 한트는 옛 제국의 수도 나르세우스를 자신의 것으로 만들어 세력을 넓히고 정통성을 승계할 생각이었다.

그 일환으로 나르세우스에 선전포고를 했으며, 1대1의 전투로 정황을 이끌어냈다.

주변 국가들은 처음 블런트 왕국이 나르세우스 공성전을 준비한다는 말에 편을 나누려 했으나, 동부 항구들을 전부 점령하는 바람에 군사를 움직일 수가 없었다.

한트는 동부의 주요 항구들을 전부 점령하고 있었는데, 이것은 한트가 제국의 많은 국가를 좌지우지하는 요인이 되고 말았다.

이곳으로 들어오는 물품들은 대륙 전역으로 퍼져나가 민생을 꾸리게 되며, 반대로는 타 대륙으로 물품을 날라 이득을

챙기게 되었다.

만약 수출입에 의존하는 나라라면 항구를 잃은 채 그대로 고립되어 굶어 죽을 수도 있는 상황이었다.

또한, 이들과 각종 이해관계가 얽힌 나라들 역시 생존을 위해선 잠시 꼬리를 내릴 수밖에 없었던 것이다.

덕분에 블런트 왕국은 아예 대놓고 전 대륙에 있는 모든 용병을 규합하여 무려 10만이라는 대군을 조직했다.

나르세우스의 10개 영지는 지금 이 상황을 타계하기 위해 군사력을 집중시키고 있었지만, 그래봐야 2만이 조금 넘을까 말까한 군사를 동원하는 것이 전부였다.

블런트 왕국군은 벌써 나르세우스의 턱밑까지 쳐들어와 진을 치고 있었고, 서서히 나르세우스의 패색은 짙어져만 가고 있었다.

나르세우스 북부 블런트 왕국군 진영.

카미엘과 레비로스는 일반병 막사에 머물며 앞으로 벌어질 전투에 대해 논의하고 있었다.

레비로스는 자신의 딸이 생겨났다는 말에 흥분을 감추지 못하면서도 한트에 대한 분노로 이를 갈았다.

"…새로운 세계선이 구축되기 전에 놈을 잡아 죽였어야 했는데!"

"그만한 선견지명이 있었다면 우리가 여기까지 올 리가 있었겠는가?"

"뭐, 그건 그렇지만……."

카미엘은 자신을 자꾸 책망하는 레비로스에게 말했다.

"자네는 앞으로 나라의 기둥이 되어야 할 사람이라네. 더이상 자신을 책망하는 일은 없었으면 좋겠어."

"…미안하이. 딸이 눈에 밟혀서 그랬네. 이해해 주게."

"후후, 사람 참, 딸이 그렇게도 좋은가?"

레비로스는 엘레니아와 꼭 닮았을 그녀를 상상하며 미소를 짓는다.

"아마도 그녀를 닮았겠지. 그렇다면 아주 아름다울 것이고, 주변 남자들은 내 딸을 선망의 대상으로 여기겠지. 안 그런가?"

"뭐, 그럴 수도."

"아름다운 딸이라… 상상만 했던 일이 현실로 다가왔군그래."

아직 딸의 얼굴을 보지도 못한 레비로스지만 자신의 자식이 있다는 소리에 한껏 들뜬 모습이었다.

"그렇게 좋을까?"

"후후, 자네는 모르네. 노총각인 자네가 내 마음을 알 리가 없지."

"…가슴을 칼로 쿡쿡 찌르는군."

"사실이잖나? 그러게 장가 좀 가지, 내 말은 왜 그렇게 안 들었나?"

"그러게 말일세."

만약 카미엘이 자식을 남겨두었다면 지금쯤이면 손자를 보았어도 전혀 이상하지 않았다.

그러나 카미엘은 좀처럼 여자를 만날 기회가 별로 없었다.

'제이나와 그냥 결혼을 할 것을 그랬나?'

정보부장이긴 하지만 생각해 보면 그녀만 한 여자도 없었 다는 생각이 드는 카미엘이다.

만약 만에 하나 다시 한 번 기회가 생긴다면, 그때는 주저 없이 그녀를 취해야겠다고 다짐하는 카미엘이었다.

*   *   *

나르세우스 공성전 발발 이틀 째, 아직까지 블런트 왕국군 은 미동조차 하지 않고 있었다.

카미엘과 레비로스는 주둔지 이곳저곳을 돌아다니며 군의 분위기를 살폈는데, 아무래도 이곳에서 꼼짝하지 않겠다는 심보인 것 같았다.

지금 나르세우스는 심각한 기근을 겪고 있는데, 그 기근이 얼마나 심각하면 거리에 시신이 널려 있어도 신경 쓰는 사람이 없을 정도라고 했다.

그런 가운데 2만의 병력이 떡하니 자리를 잡고 있으니, 당연히 식량난은 배가 될 것이었다.

아마 한트는 이곳에서 대략 한 달 가량 주둔하면서 나르세우스가 스스로 항복하기만을 기다릴 생각인 것 같았다.

카미엘은 모든 정확을 파악하곤 이내 고개를 가로저었다.

"치사한 놈. 원래 치졸한 성격이라는 것은 익히 알고 있었지만 이정도인 줄은 꿈에도 몰랐어."

"그러게 말일세. 배알도 없는 놈, 만약 전쟁이 끝나면 아주 고통스럽게 죽일 것이야."

"이하동문일세."

두 사람이 주둔지를 거닐고 있던 바로 그때, 목책으로 둘러싸인 성체의 문이 열리며 한 무리의 사람들이 들어오기 시작했다.

그들은 소달구지에 짐짝을 매달고 있었는데, 아무래도 이곳에 군량을 납품하는 농민들인 것 같았다.

카미엘이 바라보기에 그들은 행색이 남루한 것으로 보아 꽤 먼 거리를 식량을 팔아치우기 위해 달려온 듯했다.

"군상인가?"

"그렇지 않겠나? 곡식이 없으면 싸움을 할 수 없으니 말이야."

"한트 이 자식, 이 근방의 곡식이 비싸니 일부러 곡창지대에서 주민들을 불러낸 것 같아."

곡식을 운반하는데 들어가는 병력과 위험부담, 그리고 기타 감가상각비 등을 따지면 병사들이 식량을 움직이는 것은 상당한 지출이라고 볼 수 있다.

하지만 만약 농부들을 움직여 이곳에서 쌀을 팔도록 한다면 한트의 부담은 한결 줄어드는 셈이다.

물론, 그들을 이곳까지 끌고 올 수 있는 수단이 무엇인지가 중요할 것이다.

"무슨 재주로 이곳까지 농부들을 이끌고 온 것인지는 알 수 없으나, 아무래도 좋은 의도로 한 짓거리는 아닌 것 같지?"

"그런 것 같아. 제정신 박힌 사람이라면 결코 이런 짓을 할 리가 없어."

"흠…."

요즘과 같은 세상엔 이득을 위해 사람의 목숨까지 앗아간다곤 하지만 사서 전장까지 따라올 농부는 없다.

군상이 왜 군상의 상호를 달고 활약하는지 잘 아는 농부들이 일부러 전장까지 올 리가 없기 때문이다.

목숨을 건 장사, 그것은 지독한 장사치들이나 하는 짓이지 농부들이 할 모험은 아니다.

일이야 어찌되었건 저들은 돈을 주고 쌀을 팔아갈 테니, 카미엘과 레비로스가 상관할 바는 아닐 것이다.

하지만 바로 그때, 전혀 예상치 못한 일이 벌어졌다.

소달구지 중 한 대가 갑자기 경로를 바꾸어 카미엘과 레비로스에게 다가왔던 것이다.

"어, 어어……?"

그리고 그 소달구지 안에서 손이 하나 쑥 나오더니 이내 두 사람에게 쪽지를 건넸다.

그제야 카미엘은 이들이 평범한 사람들이 아님을 직감했다.

"가자……."

재빨리 쪽지를 챙겨든 카미엘과 레비로스가 자연스럽게 다시 막사로 돌아가자, 소달구지 역시 방향을 바꾸어 원래의 자리로 되돌아갔다.

*   *   *

막사로 돌아와 쪽지의 내용을 살펴본 카미엘과 레비로스는 흠칫 놀랄 수밖에 없었다.

그들에게 쪽지를 건넨 사람은 다름 아닌 제이나였던 것이다.

"제이나……! 아직도 살아 있었던 말인가?"

"20년이면 긴 세월이긴 하지만 사람이 죽을 만한 세월은 아니지. 특히나 제이나처럼 젊은 여자는 말이야."

"그렇긴 해도……."

카미엘이 제이나를 마지막으로 보았을 때, 그녀는 이제 막 마흔에 가까운 나이였다.

아마 지금쯤이면 쉰이 넘어 환갑을 바라보고 있을 것이다.

"과연 어떻게 그녀를 만나야 좋을지 모르겠군."

"그러게 말이야."

만약 그녀를 다시 만난다면 기꺼이 아내로 맞이하겠다고 생각했던 카미엘이지만, 막상 그녀를 목전에 두고 나니 마음이 심란해지고 있었다.

레비로스는 그런 카미엘의 등짝을 한 대 거칠게 후려쳤다.

퍼억!

"으윽……."

"이 멍청한 친구 같으니, 그러니까 자네가 아직까지 혼자인 거야."

"……."

"그렇게 우물쭈물하니 아무리 제이나처럼 우직한 여자도 떠날 수밖에."

"그, 그렇군……."

"만약 나이가 걸린다면 마나코어를 심어주게. 그렇게 된다

면 자네와 연배가 거의 엇비슷할 것 아닌가?'

순간, 카미엘은 무릎을 친다.

"아아! 그런 방법이……!"

"지금의 자네가 만든 마나코어와 나의 신성력을 바탕으로 한다면 충분히 그녀를 불사의 몸으로 만들 수 있어. 뭐, 외모 는……."

"별수 없지. 나도 잘한 것은 없으니, 그냥 마음만 맞추면서 살아가야지."

과연 마법으로 사람을 회춘시킬 수 있을지 알 수는 없으니, 지금으로선 영원히 함께한다는 것만으로 만족해야 할 것 같 았다.

두 사람이 한창 제이나의 얘기로 이야기꽃을 피우고 있던 바로 그때, 막사의 천장에서 한 사람의 목소리가 들려온다.

"장군……?"

"제이나?!"

그는 자신이 생전에 가장 사랑했으며, 지금도 가끔씩 그리 워 술안주로 삼는 제이나의 목소리였다.

"어쩜 세월이 지나도 변한 것이 하나도 없군!"

카미엘은 천장까지 단숨에 올라 입구를 만들어주었고, 곧 검은색 슈트를 입은 제이나가 그 모습을 드러냈다.

"제이나!"

"장군!"

20년 만의 상봉, 카미엘은 어둠속에서 주름이 져 있을 그녀의 손을 잡으며 미소를 짓는다.

"그대는 하나도 변한 것이 없군."

"당연하지요. 그 몇 년 사이에 사람이 변하면 쓰겠습니까?"

"그래, 그렇지."

카미엘은 그녀가 20년을 한결같이 자신을 기다렸다고 생각했다.

'얼마나 나를 그리워했으면 20년을 몇 년이라고 표현했을까?'

아무리 인내심이 깊은 카미엘이라곤 해도 20년을 한결같이 한 사람만 바라보라면 신물이 날지도 모른다.

아마도 그녀는 카미엘보다 훨씬 더 그를 사랑하고 있는 것 같았다.

이내 그는 제이나를 데리고 등잔불이 일렁이는 곳으로 내려왔고, 드디어 20년이 지난 그녀의 얼굴을 볼 수 있게 되었다.

"제이나……!"

"오랜만이군요."

"그러게 말이야. 나를 알아볼 수 있을지 모르겠어."

"당신은⋯⋯."

말을 다듬는 제이나, 레비로스는 자신을 소개하려 고개를
내밀었다.

헌데 두 사람은 뭔가 좀 이상하다는 것을 느낄 수 있었다.

"나, 나이를 안 먹었어?"

"뭐라고요?"

"자, 자네 혹시 마나코어를 심었나?"

"무슨 말씀이십니까? 제가 무슨 마도병기도 아니고 마나코
어를 몸에 심습니까?"

"그, 그렇지 않고선 20년이 지나도 얼굴이 그대로일 수는
없지 않나?"

그녀는 고개를 갸웃거린다.

"무슨 말씀이십니까? 장군께서 지구로 떠나신지 이제 2년
입니다. 당연히 저도 나이를 2년만큼만 먹었지요."

순간, 카미엘과 레비로스는 고개를 갸웃거린다.

"그, 그럴 리가⋯ 20년이 지난 것이 아니고?"

"후후, 꿈을 꾸셨습니까? 장군께서 떠나셨을 때가 불과 2년
전입니다."

"도대체 뭐가 어떻게 된 것인지 모르겠군⋯⋯."

카미엘과 레비로스는 고개를 갸웃거렸고, 그녀는 자세한
설명을 위해 두 사람에게 지금까지의 역사에 대해 설명했다.

제이나가 설명한 역사는 이러했다.

카미엘이 정복 전쟁을 펼치고 난 후, 제국이 대륙을 통일하고 마도병단과 함께 처형을 당한 것은 확실한 사실이었다.

하지만 지금 이 세계선에서 한 가지 변한 것이 있었는데, 그것은 바로 과거 레비로스가 행했던 흔적이었다.

그는 과거로 돌아가 마왕 데이몬과 라이몬트를 처벌하면서 수많은 괴물들과 언데드들을 사살했다.

그러면서 성기사단의 맹주로서 옹립이 되었는데, 이들은 황태자의 직속 근위대로 편성되었다.

그 이후에 그는 성기사단과 사제들의 지원에 힘입어 황제의 자리에 오르게 된 것이었다.

그리하여 레비로스는 황제임과 동시에 교황이며, 신성제국의 황제로서 자리를 굳건히 지키게 된 셈이었다.

카미엘은 그가 만든 기반을 바탕으로 마도병단을 조직하고 군대를 양성하여 불철주야로 나라 안팎을 지켜냈다.

그리고 대륙 정복전이 발발하자, 직접 군사들을 이끌고 대륙을 일통했다.

그 이후엔 예정대로 카미엘이 일통의 재물로 바쳐져 죽었는데, 여기서 역사는 한 번 더 바뀌었다.

원래는 카미엘과 함께 처형되지 않고 살아남았던 마도병단은 원래의 운명과 다르게 모두 처형을 당하고 말았다.

그리하여 성기사단과 함께 남은 레비로스는 공화정을 실현하려다 의문의 자객에게 암살을 당하여 생을 마감했다.

조금씩 달라진 역사, 하지만 죽어야 할 사람들은 다 죽어 없어지고 예상치 못하게 새롭게 태어난 사람들이 그 자리를 채워나갔다.

그것은 바로 레비로스의 딸 나르시아였다.

20년 전, 당시로서는 드물게도 왕가에서 연애로 결혼한 레비로스는 어처구니없게도 혼전임신을 하고 말았다.

그리하여 엘레니아는 예정보다 빨리 황태자빈이 되었고, 두 사람이 황제와 황비의 위에 올랐을 때엔 이미 스스로 걸어다니며 말까지 할 정도였다.

지금은 무려 20대 중반의 나이로 묘령을 넘어 이립을 향하고 있었던 것이다.

제이나는 지금까지의 역사를 설명하며 카미엘에게 이상한 점에 대해 물었다.

"두 분께서 아시는 사안 말고 또 뭐가 바뀌었습니까?"

"바뀐 것은 아니지만, 내가 잠시 죽었다 살아난 것은 어떤 상황이었나?"

"한 청년과 함께 날아다니는 선박을 타고 왔다고 했습니다. 그 이후엔 잘못된 질서를 바로잡는다고 했지요. 그 이후엔 다시 날아다니는 선박을 타고 올라갔습니다. 그리곤 다시 돌아오셨네요."

"흠······."

과연 그때 무슨 일이 일어났는지 알 수는 없으나, 두 개의 세계선이 블랙홀이 붕괴되면서 합쳐진 것이 확실했다.

그 때문에 지금 공식적으로 죽었던 사람들도 멀쩡히 살아 움직이고 있었던 것이다.

레비로스는 20년이나 지나지 않았던 것, 그리고 자신과 엘레니아가 나누었던 사랑이 진실로 남아 있다는 것을 아주 기뻐했다.

"그녀와 다시 만날 수 있다니··· 꿈인지 생시인지 모르겠군."

"아나베르스 님이 말씀하시지 않았나? 간절히 원하면 반드시 이뤄진다고."

"후후, 그런가?"

"아무튼 이제 제이나를 만나 모든 것을 속 시원히 들었으니 남진하는 일만 남은 셈이군."

"그러게 말일세."

레비로스와 카미엘은 당장 내일 일을 치르기로 했다.

           *   *   *

늦은 밤.

블런트 왕국군 주둔지 근방에 3만의 병사가 집결했다.

그들은 모두 푸른색 입김을 내뿜는 군마에 올라 있었는데, 그 크기가 가히 일반 군마의 두 배에 달했다.

그 선두에 선 사람은 바로 카미엘, 그리고 그를 보좌하는 사람은 다름 아닌 레비로스와 제이나였다.

카미엘은 부관들에게 물었다.

"준비는 모두 끝났나?"

"예, 장군. 이제 곧 전투를 시작하셔도 됩니다."

"그렇군."

원래 카미엘과 레비로스는 군사들의 사망을 최소화하기 위해 전투를 벌이지 않고 이곳에서 난동을 부려 사태를 마무리 지으려 했다.

하지만 지금 나르세우스 성 안의 상황이 너무 좋지 않다고 판단되어 부득이하게 병력을 일으킨 것이었다.

또한, 어차피 레비로스가 다시 황위에 오르면 이들은 골칫거리에 지나지 않는 병력일 뿐이다.

만약 항복하여 투항한다면 죽이지는 않겠지만, 이대로 세력을 유지시키면 그들에게 불리하게 작용할 것이 분명했다.

카미엘은 드래곤 본 소드를 뽑아들었다.

챙!

"전군에 돌격준비를 명령하라."

"예, 장군!"

뿌우!

선두에서 검을 뽑아든 카미엘이 돌격을 지시하자 각 부장들은 천인대장과 백인대장들에게 명령을 하달했다.

그러자, 진군의 나팔이 울림과 동시에 마도군단이 진격을 시작했다.

카미엘은 검을 높이 들며 외쳤다.

"우리의 고향 땅은 이제 더 이상 예전의 루야나드가 아니다! 하지만 여전히 우리가 피를 흘리며 지켜야 할 땅임은 변함이 없다! 나를 따르라!"

"와아아아아아!"

"루야나드 만세!"

이제 그들은 비단 자신들의 고향만이 아니라 이 땅 전체를 지키기 위해 검을 든 것이다.

병사들은 카미엘을 따라 쐐기 모양 진영으로 돌격을 시작한다.

"말을 달려라! 그리고 그대들을 가로막는 모든 것을 베어내라! 그러나 저항하지 않는 자는 죽이지 않는다! 명심하라!"

"예, 장군!"

카미엘은 군마 체이서를 타고 적의 성체 앞에 도달했고, 그대로 나무 문을 들이받아 버렸다.

"가자! 체이서!"

"이힝힝!"

그는 군마의 앞을 거대한 철 방패로 막았고, 체이서는 그대로 전속력으로 나무 문을 돌파했다.

콰앙!

"성문이 뚫렸다! 일제히 공격!"

"와아아아아!"

마도병단은 병사들이 일부러 들으라고 동네방네 소리를 지르고 다녔는데, 이곳은 카미엘과 레비로스의 깊은 뜻이 담겨 있었다.

만약 그들이 10만 군세를 무너뜨리는데 그 목적을 두었다면 진즉 새벽을 틈타 모두 다 암살해 버렸을 것이다.

하지만 카미엘은 이중에서 항복해 오는 병사들을 살려두어 다시 고향으로 되돌려 보내려 했기에 이런 일을 벌인 것이다.

아마 목숨을 걸고 싸우는 용맹한 전사들도 있을 테지만, 어쩔 수 없이 징병되어 전쟁에 동원되는 사람도 분명히 있을 것이기 때문이었다.

카미엘과 레비로스는 대북을 들고 다니면서 일부러 혼란을 조장했다.

쿵쿵쿵!

"항복하라! 항복하면 목숨만은 살려주겠다!"

"치, 침입자?!"

"무릎을 꿇고 손들어라! 그러면 살려주겠다!"

마도병단은 카미엘과 레비로스를 따라서 적진을 마음껏 휘젓고 있었는데, 지금까지 죽은 사람은 아무도 없었다.

하지만 그들이 일부러 시간을 준 덕분에 완전무장한 병사들이 하나둘 모습을 드러내기 시작했다.

"침입자다! 잡아라!"

"예!"

"역시 쓸데없이 용감한 놈들은 어디를 가나 있게 마련이지."

카미엘은 자신의 군영을 지키기 위해 검을 든 병사들을 제거하기로 결심했다.

"별수 없지. 반항하는 병사들을 제거하라!"

"예!"

순간, 마도병단의 눈에는 푸른 안광이 번쩍거렸고 일반인의 눈으론 거의 보이지도 않는 속도로 적병을 베어나갔다.

서걱!

"크허억!"

"상관을 잘못 만난 탓이라고 생각해라!"

"이런 빌어먹을 놈들! 배신이냐?!"

"흥! 배신은 무슨, 본래 이 땅은 레비로스 폐하의 영토였다! 침범한 것은 너희들이지!"

마도병단은 반항하는 적을 전부 다 죽였고, 결국 용병들은 두 손을 들고 투항했다.

"하, 항복이오!"

"목숨을 구걸하는 것이냐?! 그러고도 용병이냐?!"

"쳇, 별수 없지 않나? 이렇게 허무하게 죽을 수는 없는 노릇이니."

아마도 앞으로 이들은 용병 생활을 하지 못하게 될지도 모른다.

하지만 지금 이대로 목숨을 잃는 것보다는 시골에서 농사나 짓는 것이 훨씬 나을 것이다.

카미엘은 그렇게 항복한 용병들을 보내주고 그렇지 않은 병사들은 모조리 베었다.

그렇게 약 한 시간이 흐르자, 서서히 병사들은 두 손을 들고 항복하기 시작했다.

챙그랑!

"무, 무기를 버렸소! 살려주시오!"

"이, 이놈들이?!"

"좋다! 항복한 사람들은 우리 진영으로, 그렇지 않은 사람들은 계속 반항하라!"

"젠장……!"

이미 성체의 문이 뚫렸다는 것 자체가 전세의 역전을 의미하는 것. 이제 군부의 수장들도 하나둘 손을 들었다.

"항복이오……."

"아주 머저리들은 아니군."

카미엘은 고위 간부들에게서 무기를 빼앗고 자신들과 함께 나르세우스로 돌아가도록 명령했다.

* * *

나르세우스 왕궁, 원래 이곳은 황제 레비로스가 머물던 처소였다.

하지만 그가 암살로 세상을 떠나고 난 후엔 왕가의 대신들이 정치를 논하는 대전으로 사용되고 있었다.

왕궁 대전에 모인 수많은 대소 신료들을 앞에 둔 나르시아가 상소들을 받아보고 있다.

"전하! 조속히 항복하시어 민생을 돌보소서! 더 이상 우리가 버틸 수 있는 여지가 없습니다!"

"맞습니다! 이대로 가다간 시민들이 이웃의 시체를 파먹으며 살아가야 할 지경입니다!"

"……."

원래 복지와 민생 구제 정책이 상당히 잘 정비되어 있던 나르서스 제국은 최소한 시민들이 굶는 일은 결코 일어나지 않았다.

카미엘은 제국의 영토에 귀속된 국가들에게서 일정한 세금을 거두어들일 뿐, 심각한 수탈을 자행하지 않았기 때문이다.

물론, 그로 인하여 유혈사태가 벌어지긴 했어도 남아 있는 사람들이 고생하는 일은 결코 없었다.

그래서 카미엘의 심장을 도려내 죽이자던 세력에 대항하던 사람들은 그의 사후엔 경제가 급속도로 저하되어 민생이 굶어 죽는 사태가 벌어질 것이라고 예견했다.

그 예상은 아주 제대로 적중했고, 카미엘에 레비로스까지 죽고 난 후엔 기아가 창궐하기 시작했다.

그때부터 나르세우스는 시신으로 넘쳐나는 지옥으로 변해 버렸고, 나르시아는 죽어가는 시민들을 가만히 지켜볼 수밖에 없었다.

그러던 가운데 적군이 성문을 박차고 들어오려 하고 있으니, 당연히 대소 신료들도 항복을 권유할 수밖에 없었던 것이다.

"과인은······."

"전하! 조속히 결단을 내려주십시오!"

"전하!"

복잡하고도 시끄러운 정치, 그녀는 자신을 유난히 아꼈던 아버지가 떠올라 조용히 눈을 감았다.

'아버지, 도와주세요······!'

바로 그때였다.

쾅!

문을 박차고 들어온 사람은 다름 아닌 성문을 방어하던 기사단의 단장이었고, 그녀는 조용히 눈을 떴다.

그녀는 초점이 없는 눈으로 그를 바라보았고, 단장은 웃는 낯으로 부복하며 말했다.

"전하! 전쟁이 끝났습니다!"

"뭐라?"

"지금 적군이 의문의 방랑군에 의해 포로로 잡혀 성문 앞으로 끌려오고 있답니다!"

"그, 그런 말도 안 되는 일이 다 있나?!"

순간, 대전은 다시 시끄러워졌고 나르시아는 떨리는 목소리로 물었다.

"저, 적장은 어떻게 되었다고 하던가?"

"죽었습니다! 성문 앞에 선 군사들이 그 목을 들고 있습니다!"

"허, 허어······!"

"지금 성문의 앞을 지키고 선 병사들이 전하를 뵙고 직접 대화를 나누고 싶어 합니다!"

이 상황을 이해할 수는 없었지만, 그녀는 죽어가는 시민들을 위해 기꺼이 문을 열기로 한다.

어차피 지금 더 버텨봐야 죽을 일만 남았을 테니, 일단 성문을 개방하여 방도를 찾아보려는 의도였다.

"성문을 열어라! 그들을 맞이하겠다!"

"하, 하오나 전하······!"

"이대로 버티면 그대로 죽을 수도 있다고 말한 것은 경들이었소. 그것을 따르는 것뿐이니, 더 이상 토를 달지 마시오."

"······."

그녀는 기사들과 함께 의문의 방랑군이 들어오고 있다는 성문으로 향한다.

7장

사선을 넘은 재회

　나르세우스 성문 앞, 수많은 시민이 죄인의 복색으로 들어서는 블런트 왕국군을 바라보며 야유를 보냈다.

　"우우우우우! 이 짐승만도 못한 놈들!"

　"죽여라! 저런 놈들은 죽여야 한다!"

　현재 나르세우스의 시민들은 기아로 인해 신경이 상당히 날카로워져 있었고, 잘못하면 폭동이 일어날 수도 있는 상황이었다.

　일촉즉발의 상황, 카미엘은 아주 근본적인 문제를 해결하여 상황을 종식시키기로 했다.

"피로츠."

"예, 장군."

"우리가 가진 군량을 모두 사용하면 이들을 얼마나 먹일 수 있지?"

"대략 한 달은 버틸 수 있을 겁니다."

"좋아, 그럼 우리가 가진 모든 군량을 풀어 이들을 구제한다."

"예, 알겠습니다."

피로츠는 왕국군이 먹던 군량과 마도병단이 먹기 위해 마련했던 군량을 전부 다 풀어 시민들에게 나누어주기 시작했다.

"시민들에게 먹을 것을 나누어주어라!"

"예, 장군!"

그러자, 시민들은 구름처럼 몰려들어 병사들에게 손을 내밀었다.

"머, 먹을 것이다!"

"나, 나도 주시오!"

"나도!"

병사들은 그런 시민들을 적당히 밀어냄과 동시에 자리를 확보하고 식량을 골고루 나누어주었다.

"아직 먹을 것은 많소! 그러니 줄을 서시오! 절대로 먹을 것이 떨어질 일은 없소!"

"줄을 서시오!"

막무가내로 밀고 들어오던 그들에게 질서를 유지해야 할
이유가 생긴다.

빠바밤!

"여왕전하께서 납신다! 모두 고개를 조아려라!"

"전하……!"

나르시아는 기사들의 호위를 받으며 성문으로 다가왔고,
시민들은 저절로 길을 비켜 그녀가 지나갈 수 있도록 했다.

모두가 그녀에게 고개를 조아렸고, 카미엘과 레비로스 역
시 그녀의 앞에 부복한다.

"여왕을 뵙습니다."

"일어나세요."

"영광입니다."

이윽고 카미엘과 레비로스가 고개를 들었고, 그들의 얼굴
을 확인한 기사들이 화들짝 놀라 고개를 갸웃거린다.

"어, 어어어……?!"

"장군?! 장군이시다! 카미엘 장군이시다!"

"뭐, 뭐라고?!"

위대한 마도학자 카미엘의 등장은 시민들의 눈길을 잡아

끌었고, 그의 모습을 기억하고 있던 이들은 전부 환호성을 지르기 시작했다.

"오오! 장군께서 살아서 돌아오셨다!"

"하늘이시여! 감사합니다, 감사합니다!"

카미엘은 손을 들어 시민들의 환호에 화답했고, 그들은 카미엘의 이름을 연호하기 시작한다.

"카미엘, 카미엘⋯⋯!"

그런 가운데 나르시아가 그를 바라보며 묻는다.

"저, 정말 카미엘 대장군이십니까?"

"그렇습니다. 제가 바로 카미엘입니다."

"하지만 당신은⋯⋯."

"죽었지요. 하지만 다시 살아났습니다. 당신의 아버지와 함께 말입니다."

이윽고 카미엘은 고개를 숙이고 있던 레비로스를 가리켰고, 이내 그는 고개를 들며 자신의 딸을 바라본다.

"네가 바로⋯⋯."

"아, 아버지?!"

"아버지라⋯ 이런 호칭을 듣게 될 줄은 꿈에도 몰랐군."

상당히 젊긴 했지만 지금 살아 있는 사람은 분명 레비로스였다.

이젠 아버지보다 나이가 들어버린 딸은 그에게 달려와 아이처럼 안겼다.

"아버지!"

"어, 어어……."

"흑흑!"

시공간을 뛰어넘은 부녀의 상봉, 카미엘과 제이나는 흐뭇한 미소를 짓고 있었다.

*   *   *

황제가 기거하던 황궁, 레비로스는 원래 자신이 다스리던 곳의 풍경과 지금의 황궁에서 상당한 이질감이 느껴졌다.

지금 황궁은 온통 순백색 암석으로 도배가 되어 있었는데, 주신교의 상징인 천사의 날개 말고는 별다른 장식은 찾아볼 수 없었다.

또한, 바닥에는 주황색 호박석이 수놓아져 있었는데, 이것은 주신교에서 가장 신성하게 여기는 광물 중 하나였다.

한마디로 지금 이곳은 대전인지 신전인지 구분하기가 애매할 정도로 신성화되어 있다는 소리였다.

레비로스는 자신이 맹주로서 위용을 떨치고 난 후, 교황의 자리에 앉을 것이라는 소리를 몇 번이고 들은 적이 있었다.

아마도 그 소리는 정말 현실로 이뤄져 그의 실생활에까지 영향을 미치고 있었던 모양이었다.

그는 자신의 곁에 서서 대전을 안내하고 있는 딸에게 말했다.

"내가 생전에 이곳에서 많은 시간을 기도로 보냈다고?"

"예, 아버지. 아버지께선 기도와 수련, 그리고 가정사를 돌보는데 거의 모든 시간을 할애하셨습니다. 정사는 대부분 카미엘 대공께서 다 알아서 하셨지요."

"흠……."

전생이고 지금의 인생이고 그는 카미엘에게 거의 모든 것을 맡기고 자신이 하고 싶은 것만 하고 돌아다녔다.

아마도 지금 그가 다시 황위에 앉게 될 때에도 카미엘은 그의 뒷바라지를 하느라 자신의 생활은 아예 돌보지도 못할 것이다.

'미안하군.'

레비로스는 지금까지 카미엘에게 수도 없이 감사의 마음을 표현했지만 미안하다는 말을 제대로 해본 적은 없었다.

카미엘은 그의 미안한 마음이 밖으로 표출되는 순간, 나라가 흔들릴 것이라고 단언했기 때문이다.

아주 어린 시절, 레비로스는 카미엘에게 몇 번이고 과오를 부린 적이 있었다.

그때의 카미엘도 역시 비슷한 소리를 했었고, 그것은 나이가 먹을수록 점점 쌓여 종국에는 더 이상 미안하다는 말을 꺼낼 수 없는 지경에 이르게 되었다.

그는 언젠가 자신이 황위에서 물러날 때엔 그 미안하다는 말을 제대로 해볼 수 있을 것이라고 생각했다.

수많은 생각이 스쳐지나가는 대전, 레비로스는 드디어 황비 엘레니아가 투병 생활을 하고 있는 처소의 앞에 도착했다.

"이곳입니다. 어머니께서는 아버지를 무척이나 기다리고 계실 겁니다. 어서 들어가시지요."

"하, 하지만 난……."

레비로스는 막상 그녀와 만날 생각을 하니 머리가 복잡해져 도저히 발을 뗄 수 없을 것만 같았다.

말도 없이 떠난 자신을 행여 원망하지는 않을까, 그동안 마음이 변하여 자신을 싫어하지는 않을까 노심초사하는 것이다.

카미엘은 그런 그의 등짝을 거칠게 후려쳤다.

짜악!

"카, 카미엘?"

"이 멍청한 친구 같으니, 나에겐 그렇게 설교를 잘하더니 막상 자신의 차례가 되니 스스로가 망설이고 있군. 예끼, 이 못난 친구야."

"그, 그렇군. 내가 자네의 등만 떠민 꼴이 되었어."

제이나는 두 사람의 대화를 듣곤 이내 고개를 갸웃거렸다.

"뭘 망설여요? 설교는 또 뭐고요?"

카미엘은 그런 그녀에게 멋쩍은 듯이 웃으며 답했다.

"아아, 그런 것이 있어."

"…여전히 비밀이 많은 사람이군요."

"뭐, 얼마 지나지 않아 밝혀질 비밀이니 그냥 그러려니 넘기게나."

"알겠습니다……."

여전히 고개를 갸웃거리지만 그의 말을 참 잘 듣는 제이나의 모습을 보고 카미엘은 다시 한 번 레비로스의 등을 떠밀었다.

"어서 들어가 봐. 참고로 난 남의 부부 이불 속 사정까지 궁금한 멍청이는 아니거든."

"아, 알겠네."

레비로스는 일행들을 남겨둔 채 혼자서 방문을 열었다.

끼이이익—!

꽤나 오랫동안 굳게 닫혀 있었던 모양인지, 문의 경첩에선 유난히도 크게 삐걱거리는 마찰음이 들렸다.

그렇다는 것은 그녀가 와병생활을 한 세월이 하루 이틀이 아니라는 소리였다.

'상태가 많이 위중한 모양이군.'

이윽고 레비로스는 그녀의 침소로 들어섰고, 가만히 눈을 감고 있는 엘레니아와 마주했다.

"에, 엘레니아?"

"……."

푸석푸석한 머리카락과 핏기가 거의 없는 피부, 거기에 앙상하게 뼈만 남은 얼굴이 그녀가 얼마나 고통 속에 몸부림을 쳤을지 알 수 있을 것 같았다.

병색이 완연한 그녀에게 한 발 한 발 걸음을 옮긴 레비로스는 아련한 눈으로 그녀를 바라본다.

"엘레니아, 내가 왔소. 눈을 떠보시오."

"쿨럭, 쿨럭!"

그의 목소리를 들은 엘레니아가 억지로 눈꺼풀을 들어 올렸고, 레비로스는 그녀의 손을 덥석 잡았다.

"나, 나요! 정신이 좀 드시오?"

"레, 레비로스?!"

"그, 그래! 나요, 당신의 남편, 레비로스란 말이오!"

순간, 그녀는 지병으로 인해 수척해진 눈에 한껏 힘을 주어 젊은 레비로스를 살펴보기 시작한다.

"…하나도 변하지 않았군요. 당신은 여전히 멋져요……."

"고맙소, 그대로 여전히 아름답구려."

그동안의 회한이 여실히 맺혀버린 엘레니아의 눈동자.

레비로스는 그녀의 눈가에 맺힌 이슬을 닦아주며 말했다.

"내가 돌아왔소. 비록 오래 걸리긴 했소만, 그대를 위하여 결국 이렇게 돌아왔단 말이오."

"…고마워요. 정말 고맙습니다……."

그녀는 레비로스의 팔을 잡고 오열했고, 그는 묵묵히 아내의 눈물을 닦아주었다.

＊　　　＊　　　＊

레비로스의 서거 이전부터 건강이 급격하게 나빠졌던 엘레니아는 결국 사망 직전까지 병이 악화되고 말았다.

연일 악화 일로를 걷던 그녀의 병은 급기야 만성으로 번져 더 이상 손을 쓸 수 없는 지경에 이르게 되었다.

그녀는 자신의 병이 절대로 고칠 수 없는 불치병이라고 생각했고, 그 생각은 그녀를 서서히 죽여가고 있었다.

카미엘은 마나코어로 만든 자기공명장치로 엘레니아의 상태를 살폈다.

삐빅! 삐빅—!

지구에서 배워온 지식은 한두 가지가 아니었고, 그에 대한 지식들이 전부 전문가와 버금갈 정도로 깊은 카미엘이다.

그가 손을 대면 안 되는 일이 없었으며, 지금 이 자기공명장치 또한 불과 이틀 만에 개발한 것이다.

카미엘은 마법으로 투영되는 모니터를 자기공명장치에 연결한 후, 그녀의 상태를 관찰하기 시작했다.

분명 신관들은 그녀에게 악령이 깃든 것이라고 단언했지만, 카미엘이 보기엔 이것은 영적인 문제와는 전혀 다른 분야였다.

그는 모니터에 나온 그녀의 상태를 이렇게 분석했다.

"당뇨군."

"당뇨?"

"인슐린 분비가 원활하지 않아서 생기는 병이지. 아마 신력을 사용해서 회복을 시켜도 다시 악화되었던 것은 그녀의 췌장과 관련이 있었던 것이야."

"아아……!"

당뇨는 췌장에서 분비되는 인슐린이 제대로 대사를 이루지 못하기 때문에 발병하는데, 크게는 두 가지로 구분된다.

원래 선천적으로 인슐린이 분비되지 않는 제1형, 그리고 췌장의 후천적 결함으로 인하여 당을 제대로 분해하지 못하는 제2형이다.

아마도 그녀의 경우엔 제2형에 해당될 것이며, 지구의 과학으로도 도저히 완치를 할 방법이 없었다.

하지만 카미엘은 마도학과 의학을 모두 섭렵한 사람이었

고, 과학 또한 상당한 경지에 이르렀다.

카미엘이 손을 댄다면 충분히 좋아질 수 있을 것이다.

"이 병을 고치기 위해선 그녀에게 마나코어를 이식해야 해."

"그, 그렇다면 그녀가 마도병기로 변하게 되는 건가?"

"아니, 그렇지 않아. 그녀의 몸에는 마나코어로 만들어진 췌장을 이식할 것인데, 베이스는 그녀가 원래 가지고 있던 췌장으로 이뤄질 것이야."

"그럼 마도병기가 되지 않고도 그녀가 완치될 가능성이 있다는 소리군."

"그렇다네. 하지만 한 가지 위험한 고비가 있어. 이식을 위해선 그녀의 복부를 절개하여 개복상태로 수술을 집도해야 하네. 알다시피 마나코어를 이식하는 것은 장기를 적출하는 것보다 훨씬 더 힘든 일이야. 게다가 이번에는 대사가 멈추기 전에 췌장에 마나코어까지 장착해야 하지. 아무리 나라곤 해도 수술이 100% 성공으로 끝나리란 보장은 없어."

"아아……!"

"하지만 걱정하지 마라. 나는 최선을 다할 거야. 자네가 나를 믿어주는 한, 절대 실패할 일은 없어."

레비로스는 카미엘의 팔을 두 손을 잡으며 정중히 고개를 숙였다.

"부탁한다. 부디 나의 내자를 살려줘……!"

"징그럽게 부탁은 무슨, 제수씨를 살려주는 일에 부탁은 필요 없어. 그저 수술이 잘 끝나기만을 기도해줘."

"그래, 알겠어."

이제 카미엘은 자기공명장치에 나온 그녀의 췌장을 완벽하게 분석하여 수술 집도에 차질이 없도록 계획할 것이다.

*　　　*　　　*

나흘 동안 그녀의 췌장에 대해 분석한 카미엘은 고장 난 엘레니아의 장기를 되살리기 위한 작업에 착수했다.

그는 엄지손톱보다 조금 작은 크기의 마나코어를 아주 얇게 판금하여 본을 뜨고, 그 안에 들어갈 원형의 마법진을 디자인했다.

푸른빛을 내뿜는 마법췌장은 그녀의 장기와 만나는 즉시 원활한 대사가 이뤄질 수 있도록 움직이기 시작할 것이다.

하지만 이 모든 것이 이뤄지기 위해선 수술이 잘 끝나야 한다.

카미엘은 대신전에 기거하고 있던 신관 네 명과 신녀 두 명을 수술에 투입시키기로 했다.

신녀들은 신성력으로 소독된 수술용 집기를 카미엘에게

건넬 것이고, 그와 동시에 흘러내리는 피를 호스로 빨아들여 절개된 장기가 피로 물들지 않도록 유지시킬 것이다.

신관들은 카미엘의 곁에서 상처를 개복한 상태로 오래도록 멸균 상태가 이어지도록 신성력의 장막을 칠 것이고, 그녀의 수면 상태를 유지하기 위한 오라를 지원하게 된다.

주신교의 신관들은 단순히 사람을 재우는 마법을 사용하기도 하는데, 이것을 수면오라라고 부른다.

이 수면오라에 빠져들면 뇌가 완전히 잠들어 버리기 때문에 고통을 느낄 수 없을 것이다.

또한, 행여나 수술 중 각성이 일어나더라도 여전히 그것을 꿈이라고 인식해 고통 자체를 느낄 수 없었다.

카미엘은 미스릴에 오리하루콘을 덧댄 수술용 집기들을 만들어냈고, 그녀의 생명을 유지시킬 장치도 개발했다.

또한, 현대의 지식으로 만들어 낼 수 있는 의약품들을 고스란히 재현하여 수술에 투입시키기로 했다.

삐빅! 삐빅—!

미스릴로 철저히 도배된 멸균실, 카미엘은 황궁 지하에 이 멸균실을 차리고 이곳에서 수술을 진행하기로 했다.

그는 수술에 들어가기 전, 요오드 용액과 성수를 섞은 소독약으로 손을 깨끗이 씻었다.

�솨아아아아아—!

그리곤 고무에 마나코어를 덧입힌 라텍스 장갑을 끼워 완벽한 멸균 상태로 만들었다.

신관들과 신녀들 역시 그와 비슷한 과정을 거쳐 세균을 99%이상 박멸한 후에 수술실에 들어섰다.

카미엘은 6명에게 오늘의 수술이 어떻게 진행될지 설명했다.

"지금까지 당신들은 나의 설명을 몇 번이고 반복해 들었습니다. 아마도 잠을 잘 때에도 나의 목소리를 들었겠지요. 맞습니까?"

"네, 그렇습니다."

"그렇다고 해도 나는 다시 한 번 수술의 개요에 대해 설명하겠습니다. 우선, 1번 모서리에 있는 신관은 내가 수술부위를 개방하는 즉시 치료의 오라를 뿜어내십시오. 그렇게 된 후엔 1번 신녀가 피를 빨아들이는 일을 진행할 겁니다. 그러면 2번 모서리의 신관은 멸균과 보호의 오라를 펼쳐 그녀의 상처가 마르지 않도록 해주십시오."

"예, 알겠습니다."

"또한 3번 모서리의 신관께선 그녀가 마취에서 깨어나지 않도록 유지를 해주시고, 4번 신관께선 이 3명을 모두 서포트해 주십시오."

"그렇게 하겠습니다."

"마지막으로 2번 신녀께선 제가 부르는 숫자대로 집기를 전달해 주시면 됩니다."

"잘 알겠습니다."

카미엘은 집기와 기기에 숫자를 붙여 신녀와 신관들이 헷갈리지 않도록 배려했다.

이제 정신만 바짝 차리면 수술은 분명 성공적으로 끝날 것이다.

"좋습니다. 그렇다면 이제 마취를 진행하고 수술에 들어가겠습니다."

"예, 장군."

그의 신호에 따라 수술이 시작되었고, 3번 신관이 그녀에게 마법을 걸어 깊은 수면에 빠지도록 만들었다.

"신이시여, 저에게 권능을!"

화아아악!

백색 기운이 그녀의 머리 안쪽으로 스며들었고, 이내 그녀의 뇌는 깊은 잠에 빠져들었다.

이제 누군가 방해를 하지 않는 한 그녀는 결코 잠에서 깨어나지 않을 것이다.

카미엘은 2번 신녀에게 손을 내밀었다.

"1번."

1번은 메스를 통칭하는 숫자로, 1—1, 1—2처럼 크기별로 나열이 되어 있다.

카미엘은 개복을 위한 메스를 잡았고, 2번 신관은 카미엘의 메스가 지나가는 곳을 멸균하고 촉촉하게 보호하는 장막을 쳤다.

우우우우웅!

"좋습니다. 개복은 순조롭게 이뤄졌습니다. 이제 췌장이 있는 부위를 찾아 절개를 시작합니다."

카미엘은 그녀의 장기들로 손을 집어넣어 췌장을 찾아다녔고, 1번 신녀는 엘레니아의 복부에 계속해 피를 빨아들였다.

취이이이이익—!

이윽고 카미엘은 후복막에 위치한 췌장을 발견하여 즉시 절개를 시작했다.

대정맥과 대동맥의 전방과 후방을 지나는 췌장은 잘못 건드리면 즉시 피가 뿜어져 나와 즉사할 수도 있다.

때문에 카미엘은 아주 신중에 신중을 기하여 췌장을 적출해야 했다.

삐빅! 삐빅—

생명유지장치의 기계음에 따라 췌장이 서서히 그 모습을 드러냈다.

"이자머리가 보입니다! 이제 곧 체부인 이자몸통이 나올 겁니다. 조금 더 집중하세요!"

"네, 알겠습니다."

이제부터는 얼마나 정교하게 췌장을 절개하여 마나코어를 심느냐, 췌장이 없어진 가운데 신체가 대사를 얼마나 유지할지가 관건이었다.

카미엘이 췌장을 드러내자, 4번 신관이 세 명의 신관에게 신성력을 공급하기 시작했다.

우우우우웅!

신성력이 공급되면 세 명이 맡고 있는 포지션에 힘이 더해져 그녀가 생명을 유지하는데 큰 도움이 될 것이다.

이때를 이용하여 카미엘은 췌장에 마나코어로 본을 뜬 보호 장치를 덮어씌웠다.

끼이이이이잉!

"췌장을 살려냅니다! 조금만 기다려주세요."

카미엘이 췌장을 살려내는 동안, 1번 신녀는 생명유지장치에 나오는 심박수와 혈압을 카미엘에게 고지해 주었다.

"혈압이 떨어집니다! 심박수도 약해지고요!"

"조금만 더, 10초면 됩니다!"

그는 췌장 곁에 마나판금을 뒤집어씌운 후, 그 속에 작은 마나코어를 집어넣었다.

그러자, 마법진이 발동하며 췌장이 힘차게 고동치기 시작했다.

우우우우웅—!

"돼, 됐다! 이제 장기를 몸에 연결하고 봉합만 하면 됩니다!"

카미엘은 재빨리 장기를 제자리에 넣어놓고 마나실로 그곳을 봉합해 나갔다.

슥삭, 슥삭!

혈액에 저절로 녹아 없어지는 마나실은 그녀가 정신을 차리기 전에 그 모습을 감출 것이다.

이제 카미엘은 벌어졌던 그녀의 복부를 다시 봉합한 후, 수술을 끝냈다.

"상처부위, 이상 없이 봉합되었습니다."

"끝났군요……!"

"수고 많으셨습니다! 대단한 일을 해내셨어요!"

"아직 안심하긴 이릅니다. 경과를 지켜보도록 하죠."

카미엘은 포도당과 항생제를 섞은 수액을 그녀의 팔에 꽂은 후, 수술실을 정리하기 시작했다.

*   *   *

다음 날, 마취에서 깨어난 엘레니아가 침대 위에 누워 있다.

"콜록, 콜록!"

연심 기침을 해대는 그녀, 밤새 그녀를 간호한 레비로스가 걱정스레 묻는다.

"괜찮소?"

"…괜찮아요. 장군께서 폐가 제 기능을 한다는 징조라고 하더군요. 삽관인지 뭔지 하는 작업을 하느라 폐에 무리가 갔을 것인데, 기침을 한다는 것은 쾌유되는 과정에서 나타나는 자연스런 현상이라고 하네요."

"그렇구려. 괜찮다니 다행이오."

처음 그녀가 깨어났을 때, 카미엘은 몇 가지 당부의 말을 전하곤 이내 모습을 감추었다.

그때부터 지금까지 계속 자다 깨다를 반복하고 있었는데, 그 뒷수발은 레비로스가 들고 있었다.

황궁에 수많은 시녀들이 기거하고 있음을 익히 잘 알고 있는 레비로스였지만 그는 굳이 고생을 자처하고 있었다.

그는 나르시아가 태어났을 때에도 곁을 지키지 못했던 남편이다. 물론, 아내는 그가 자신의 곁에 살아 있었다고 믿고 있지만, 사실상 그는 블랙홀을 넘어 지구에 있었다.

결론적으론 루야나드와 지구 모두를 지키는 일이 되었으나, 그래도 아내의 곁을 지키지 못한 것은 변함이 없는 일이었다.

레비로스는 결국 그녀에게 해준 것이 아무것도 없는 남편

이었고, 그는 이제라도 그녀에게 남편 노릇을 해주고자 굳이
고생길을 자처했었던 것이다.

그녀는 그런 레비로스의 손을 꼭 잡으며 말했다.

"아무튼 당신이 카미엘 장군님과 함께 나타나주어 얼마나
다행인지 몰라요. 아시다시피 지금 우리 왕국은 벼랑 끝에 내
몰려 있습니다. 우리 딸은 정치꾼들에 의해 물어 뜯겨 권력을
잃었고, 저는 병을 얻어 아무것도 할 수 없었지요. 그동안 국
가는 피폐해지고 근간을 찾아볼 수 없을 정도로 타락했습니
다. 이제 이 나라는 망할 일만 남은 나라가 되어버렸지요. 이
나라를 구할 수 있는 사람은 오로지 당신뿐이에요."

레비로스는 슬그머니 미소를 짓는다.

"그래, 내가 왔소. 이제 나는 이 땅을 사람이 살 수 있는 곳
으로 바꾸겠소. 두고 보시오, 내 반드시 당신과 나르시아를
행복하게 해줄 것이오."

"고마워요……."

그는 엘레니아를 와락 껴안았고, 그녀는 남편의 품에서 안
정을 취했다.

＊　　　＊　　　＊

현재 나르세우스는 고관대작들의 극심한 수탈로 인해 민

생이 구제를 받을 길이 없었고, 심지어 재상 나할린은 정경유착을 조장하여 국세를 빼돌리고 있었다.

그로 인하여 국력은 나날이 쇠퇴를 거듭하여 지금에 이르게 된 것이었다.

레비로스는 드디어 자신과 카미엘이 전면에 나서야 할 때가 왔다고 느꼈다.

하지만 아무런 정보도 없이 장치판에 뛰어든다는 것은 어불성설, 오히려 사태를 악화시킬 뿐이다.

레비로스와 카미엘은 제이나와 그녀의 정보원들에게 현 상황에 대해 전해 들었다.

"재상 나할린은 휘하에 네 명의 후작과 12명의 백작, 그리고 20명의 자작, 남작을 거느리고 있습니다. 이 작은 나라에서 나오기엔 꽤나 버거운 숫자지요."

"거의 모든 대소 신료들이 그의 수족이라고 보면 되겠군."

"그렇습니다. 심지어 이 나라엔 파벌이라는 것도 존재하지 않는 것 같습니다. 원래 당파싸움이란, 나라의 중심을 지키는 도구이기도 합니다. 이 두 세력을 규합하여 정치를 하는 것이 왕권이지만, 현재 왕권은 그 줄다리기에서 패하고 말았습니다. 그래서 지금은 재상이 득세하는 세상이 되어버렸지요."

"흐음…."

이 대륙의 모든 나라가 아직까지 중앙집권을 고수하고 있는 것은 강력한 왕권이 부국강병을 이끌어 낸다는 제왕학이 뿌리 깊게 박혀 있었기 때문이다.

그 제왕학은 나르서스라는 대제국을 만들어냈지만, 반대로 제왕이 힘을 잃으면 나라가 망할 수도 있다는 것을 여실히 보여주었다.

권력은 올바른 자에게 넘어가면 득이 되지만 악인의 손에 떨어지게 되면 나라가 망한다.

이것이 바로 제왕학의 모순인 것이다.

카미엘은 지금 당장 재상에게 주어진 권력을 전부 회수해야 함을 느낀다.

"주모자들을 잡아다 족치고 군부를 장악하는 것이 좋겠어."

"아닙니다. 아직은 그럴 수 없습니다."

"그 이유는?"

"증거를 잡아 족치지 않으면 우리가 기득권을 취할 수 없습니다. 지금 시민들은 수탈에서 벗어나기 위해 몸부림을 치고 있는데, 우리가 다짜고짜 증거도 없이 재상을 치면 반란이 일어날 겁니다."

"흠…."

"우리 정보부가 놈들의 비리현장을 잡아내기 위해 눈에 불을 켜고 있습니다. 이틀, 그 안에 결판을 짓겠습니다."

"이틀이라··· 좋네, 하지만 더 이상 시일이 지체되어선 안 되네."

"예, 알겠습니다."

제이나는 확신에 찬 눈으로 카미엘을 바라보았고, 두 사람은 그 안에서 신뢰를 느낄 수 있었다.

레비로스는 그런 두 사람의 신뢰에 자신의 손을 얹기로 한다.

"그렇다면 내가 할 일은 없겠나?"

"있습니다. 폐하께선 성기사단을 다시 모아주십시오. 그래야만 마도병단과 함께 파죽지세로 북진할 수 있지 않겠습니까?"

"그래, 그렇군. 그럼 나는 남부신전으로 내려가 다시 기사단을 규합하기 위한 신호를 보내겠네."

"예, 알겠습니다."

이제 세 사람은 타들어가 없어지려는 제국의 불씨를 다시 일으켜 공화정을 일구기 위한 첫 발걸음을 옮겼다.

8장

살기 좋은 세상을 위해

　수도 나르세우스, 요즘 이곳은 마도병단과 카미엘의 복귀로 인해 여론이 술렁거리고 있었다.

　거리에는 온통 아이들이 마도병단을 흉내 내는 칼싸움 놀이가 한창이었고, 어른들은 술안주로 마도병단의 행보에 대해 논했다.

　시민들은 마도병단이 지금 당장 정계를 장악하고 군부를 격파하여 나라를 제 꼴로 만들어줄 것이라 기대했다.

　하지만 도통 그들은 움직일 생각을 하지 않았고, 시민들은 답답한 마음을 술로 풀어냈다.

동네 선술집 앞.

고된 노동을 마친 광부들이 싸구려 맥주를 마시고 있었다.

광산 노동자 케일은 단숨에 맥주를 목구멍 깊숙한 곳까지 들이부었다.

"꿀꺽, 크흐! 좋구나!"

"이런 미적지근한 맥주 한 잔이 인생의 유일한 낙이라니, 차라리 이민을 갈까?"

케일의 동료이자 잔머리의 대가 악센의 말에 함께 술을 마시던 지코가 고개를 돌린다.

"이민?"

"생각을 좀 해 봐. 마도병단이 생환했다고 해서 좋아했더니, 나아지는 것이 없으니……."

"이거야 원, 더러워서라도 배를 타야 할까 봐."

"배?"

"자네, 소식 못 들었나? 서부대륙에서 인력을 동원하고 있다고 하더군."

"으음, 그래?"

"요즘 그곳이 풍작이라서 현지인들로는 도저히 역부족이라고 하더라고."

"오호라, 그런 반가운 소식이……."

세 명의 광부가 두런두런 얘기를 나누고 있던 바로 그때, 술집의 문이 열리며 마을 촌장의 아들 세이민이 걸어 나왔다.

세이민은 마을에서 사람들이 도망치는 것을 감시하고 이탈자가 발생할 것 같으면 곧장 군부에 고발을 하는 자였다.

무단이탈이 발각되면 즉시 영지군이 이탈자들을 잡아다 물고를 내고 가산을 모두 몰수했다.

그의 곡식과 재화는 물론, 아내와 슬하의 자식까지 전부 노예로 팔려가기 때문에 도망은 입에 담아서도 안 되는 일이었다.

그런 사실을 너무나도 잘 알고 있던 세 사람이기 때문에 순식간에 입을 다물어버린다.

"크흠……."

"뭐야? 무슨 얘기를 하다가 말아? 내가 들으면 안 되는 얘기라도 있나?"

"…아니, 그런 것은 아니고……."

세이린은 마치 자극적인 음식냄새를 맡은 사냥개마냥 고개를 좌우로 흔들며 일행에게도 가까이 다가섰다.

"이것들 봐라……?"

"왜, 왜 그래? 우리가 뭘 어쨌다고?"

"분명 비밀 얘기를 한 것 같은데……?"

순간, 악센이 특유의 잔머리를 굴린다.

"우리가 쳐놓은 덫에 대한 얘기야. 혹시 다른 사람이 들으면 어떻게 할까 봐……."

"덫?"

악센이 쳐놓은 연막에 케일이 맞장구를 친다.

"이, 이 친구가 정말?! 그건 우리끼리의 비밀이잖아……!"

그렇게 케일이 맞장구를 치는 동안 악센은 지코의 엉덩이를 툭툭 차서 정신을 차리라고 신호를 보냈다.

그러자, 지코는 그제야 두 사람의 대화에 맞장구를 치기 시작한다.

"우리가 고생을 해서 놓은 덫인데… 혹시 얘기를 들은 것은 아니지?"

"덫이라……."

"당신에겐 별것 아니겠지만 우리에겐 앞으로 일주일 동안 먹을 것 걱정하지 않아도 될 중요한 얘기란 말이지."

"그렇군."

세이린은 그제야 별 대수롭지 않다는 듯이 자신만의 길을 갔다.

"이 자식들, 별것도 아닌 일로 사람의 발목을 붙잡다니. 나중에 제대로 걸려라. 아주 물고를 내줄 테니."

"그럴 일은 없을 거야."

이윽고 돌아선 세이린을 바라보며 세 사람은 가슴을 쓸어

내렸다.

"후우, 십년감수했네!

"자네 참, 순발력이 아주 좋아. 정말이지 그 방면으론 아주 타고난 것 같아."

"후후, 그랬나?"

세 사람이 두런두런 다시 얘기를 주고받고 있을 때였다.

어둠속에서 한 사내가 불현듯 나타나더니 세 사람의 뒤로 다가와 인기척을 낸다.

"순발력이라, 자네는 머리가 아주 좋군."

"히, 히이익!"

화들짝 놀라 자신이 들고 있던 술잔까지 놓친 광부들을 바라보며 사내는 손을 내젓는다.

"너무 놀라지 말게. 나는 자네들의 편이니."

검은색 로브를 뒤집어 쓴 사내, 그의 눈동자에선 푸른색 안광이 뿜어져 나오는 것 같았다.

체구는 광산의 노동자들과 별단 다를 것이 없어 보였지만 그 작은 몸체에서 뿜어져 나오는 기운은 일반인과는 비교도 할 수 없을 정도로 강렬했다.

사내는 세 사람이 앉은 자리에 그대로 엉덩이를 붙이고 앉아 자신의 호주머니에 달려있던 수통을 내려놓았다.

그리곤 그 안에 들어 있던 향기로운 술을 한 모금 들이켰다.

꿀꺽!

"크흐! 좋군! 자네들도 한 잔 하겠나?"

"향이 좋은 것 같은데, 그렇게 귀한 술을 우리가 먹어도 되겠소?"

"후후, 물론이지. 하지만 조건이 하나 있다네."

"조건이라면… 돈 말이오?"

"아니, 내가 바라는 것은 돈이 아니라 정보라네."

"정보라면 어떤……."

"듣자하니 반란군의 수장이 이 근처에 살고 있다고 하더군."

"……."

"아아, 내가 너무 다짜고짜 무리한 제안을 했군. 나는 이런 사람일세."

그는 자신의 품속에 잘 갈무리하고 있던 푸른 인장을 보여주었는데, 이것은 옛 제국군을 상징하는 것이었다.

지금은 이 인장을 가진 병사들은 존재하지 않으며, 최근에 귀환한 마도병단만이 가지고 있다는 소문이 돌았다.

그제야 이들은 그가 마도병단에 소속해 있는 군인이라는 사실을 알아챘다.

"마도병단! 그렇다면 당신은……."

"나는 마도병단의 부사령관 피로츠라고 하네. 카미엘 사령관을 곁에서 보좌하고 있지."

"허, 허어!"

있을 법한 사실이지만 마치 약장수가 사람을 속이는 것 같아서 악센은 그를 시험해 보기로 한다.

"그렇게 대단하신 분이 어째서 이곳까지 오신 겁니까?"

잔머리가 잘 돌아가는 사람이니만큼 그는 의심도 많았다.

피로츠는 가만히 그를 바라보더니, 이내 자리에서 일어서며 말했다.

"그렇게 의심이 간다면 내가 증거를 보여주면 되겠군."

"증거라면……."

자리에서 일어선 피로츠는 주변을 한 바퀴 돌아보더니 이내 자신의 곁에 서 있던 바위를 주먹으로 가볍게 내려쳤다.

그러자, 놀랍게도 그 바위는 마치 공성용 망치로 두드린 것처럼 산산조각이 났고 사방에 파편이 비산했다.

콰앙!

"허, 허억!"

"마도병단에게 이 정도는 아무것도 아니라네. 자, 이젠 나를 믿을 수 있겠나?"

일반 병사들은 망치로 바위를 부수는 것도 힘들 것이고, 아무리 고강한 검술을 가진 기사라고 해도 저렇게 단단한 바위를 부수는 것은 절대로 불가능하다.

그럼에도 불구하고 맨손으로 바위를 산산조각 냈다는 것은 그의 신분이 정말 마도병단이라는 것을 입증하고 있었다.

그제야 악센이 바닥에 머리를 조아리며 자신의 잘못을 고했다.

"죄, 죄송합니다! 저는 그저……."

"일어나게. 사람이 사람에게 고개를 숙일 수 있는 것은 군신의 관계뿐이네. 내가 자네의 아버지도 아니고 상관도 아닌데 무슨 고개를 숙이나?"

"그렇긴 하지만……."

"일단 일어나게. 그리고 일어나서 나에게 레지스탕스에 대해서 말해 주게."

이윽고 자리에서 일어선 악센은 피로츠에게 자신이 아는 모든 것을 서술하기 시작했다.

*　　　*　　　*

나르세우스 왕궁의 지하 수로, 이곳은 대운하를 통하여 대륙 전역을 돌아다닐 수 있도록 만든 정보부의 비밀 무기였다.

하지만 지금은 카미엘의 마도병단이 지하에서 활동을 할 수 있도록 전 병사들에게 개방한 상태였다.

수도 서부에 위치한 작은 마을 리트린에서 대운하를 타고 왕궁 앞까지 이동한 피로츠는 세 명의 청년을 데리고 지하 수로로 진입했다.

높이 5미터의 지하 수로, 일반인들은 도저히 상상조차 하지 못했던 공간일 것이다.

악센과 그의 친구들은 태어나 처음으로 경험하는 지하 수로를 바라보며 입을 떡 벌렸다.

"와아아……."

"세상에, 사람이 이런 물건을 만들 수 있다니… 대단하다는 말밖엔 할 말이 없네."

"이 모든 것이 마도학의 발전 덕분이라네. 만약 카미엘 장군이 없었다면 이런 고도의 발전은 꿈도 꾸지 못했을 거야."

"아아……!"

악센은 카미엘이라는 이름만 들어도 가슴이 두근거리는 청년이다.

그는 어려서부터 카미엘이 이룩해 온 마도학의 발전과 대륙통일의 전설에 대해 들으며 자랐다.

카미엘은 생존 당시, 동네 학당에서 아이들에게 가르치던 교제에 처음으로 살아 있는 위인으로 등장했다.

생존한 사람을 위인으로 등제한 것은 카미엘이 처음이었고, 앞으로도 그렇게 될 것이다.

그는 모든 청년들의 우상이며 전설이고, 흠모의 대상이었다.

악센은 물론이고 그의 친구들까지 카미엘의 실물을 볼 수 있다는 기대에 잔뜩 부풀어 있었다.

"저, 정말 우리가 장군을 만나 뵐 수 있는 겁니까?"

"물론이라네. 자네가 우리에게 레지스탕스에 대해서 말해 주었고, 장군께선 그 얘기를 듣고 싶어 하시네. 만약 자네들이 갑자기 마음을 바꾸어 이곳을 나가겠다고 발버둥을 쳤다고 해도 나는 끝까지 자네들을 장군께 데려가야 한다네."

"그렇군요……!"

세상을 살아가면서 자신이 가장 흠모하는 사람을 만나본다는 것은 그 무엇과도 바꿀 수 없을 정도로 값진 경험일 것이다.

악센은 아까부터 계속해 옷매무세를 가다듬었으며, 혹시 그를 만나게 되면 묻고 싶었던 것을 머릿속으로 자꾸 되뇌고 있었다.

하지만 그의 모든 노력은 일순간 속절없는 것이 되고 만다.

"왔는가?"

"예, 장군."

카미엘은 지하 수로 중간에서 그를 기다리고 있었고, 로브

안쪽에서부터 뿜어져 나오는 안광이 육안으로 보일 정도로 강렬했다.

또한, 적당히 다부진 체구에서 뿜어져 나오는 마나코어의 기운은 바라보는 사람으로 하여금 숨이 막히게 했다.

'이, 이것이 바로……!'

살아 있는 전설, 카미엘은 일반인이 도저히 감당하기 힘든 오라를 뿜어내고 있었다.

악센은 그를 보는 순간, 아무것도 기억이 나지 않는 백치처럼 입만 떡 벌리고 서 있을 뿐이었다.

카미엘은 그런 그에게 다가와 악수를 건넸다.

"카미엘 질리온 나르셀리언 폰 피올리안바토르스일세. 자네가 악센이겠군?"

"……."

피로츠는 할 말을 잃은 악센의 어깨를 두드려 그의 제정신을 일깨워준다.

"이보게! 정신 차리게."

"아아, 죄송합니다……!"

그제야 정신을 차린 악센이 카미엘의 손을 잡았고, 그는 카미엘의 손에서 생전 처음으로 느껴보는 청량함을 맛보았다.

마치 어린 시절에 먹었던 어머니가 라임레몬에 박하 잎을 넣은 음료에서 느꼈던 느낌이었고, 실제로 사람의 손에서 이런 청량한 기운이 솟아난다는 소리는 들어본 적이 없었다.

덕분에 다시 한 번 정신을 놓은 그에게 카미엘이 물었다.

"자네가 우리에게 레지스탕스에 대한 얘기를 해주었다고 들었네만, 그것이 사실인가?"

"……."

"이보게?"

카미엘이 그의 손을 살짝 건드리자, 그는 화들짝 놀라 반사적으로 입을 연다.

"예, 예! 사실입니다!"

"그렇군. 위험을 무릅쓰고 우리를 도와준 것에 대해 아주 감사하게 생각하네. 고맙네."

"아, 아닙니다!"

이윽고 그의 손을 놓은 카미엘은 악센의 친구들과도 통성명을 나눈 후, 차근차근 레지스탕스에 대해서 물었다.

"그래, 자네가 얘기했던 반군은 지금 어디서 세력을 키우고 있나?"

"듣기론 수도 남부에 있는 에실린 광산에서 비밀리에 군사들을 양성하고 있다고 들었습니다."

"그렇군……."

흥미롭다는 듯이 푸른색 눈을 반짝거리던 카미엘이 이내 말을 이었다.

"그나저나 자네는 이 소식을 도대체 어디서 들은 것인가? 레지스탕스에 대한 정보는 외부로 세어나가는 순간 커다란 위협이 될 텐데."

"친형이 그곳에 가입되어 있습니다. 그래서 저에게도 몇 번인가 가입을 권유했었지요."

"하지만 자네는 가입을 하지 않았던 모양이군?"

"…겁이 났습니다. 더럽고 치사해도 그들이 저희 집안을 풍비박살내면 어쩌나 싶어서 말입니다."

그는 자신의 치부를 드러내는 것이 상당히 부끄러웠지만, 카미엘은 오히려 그런 그를 칭찬한다.

"레지스탕스는 아무런 미래가 없는 상황에선 올바른 선택이 아닐 수도 있네. 어쩌면 자네가 선택한 길이 옳았다고 볼 수 있어."

"감사합니다……."

"하지만 한 가지 아쉬운 점이 있다면, 자네가 스스로의 능력을 비하하여 아무것도 하지 않았다는 것일세."

"그건……."

"내가 보기에 자네는 일반인에 비해 상당히 총명한 두뇌를 가지고 있는 것 같아. 하지만 그럼에도 불구하고 자네는 핍박하는 사람들에게 대항할 생각을 하지 못했지. 그것은 국가가 성장하지 못하는 걸림돌이 되고 만다네."

카미엘의 조언에 그는 실망한 듯, 고개를 푹 숙였다.

"…그렇군요."

힘이 쭉 빠져버린 그에게 카미엘은 미소를 띠며 말했다.

"그러나 그런 시행착오가 모두 사람을 만들어내는 것일세. 지금부터라도 자네가 노력한다면 미래는 충분히 바뀔 수 있어."

카미엘은 품속에서 제국군의 인장을 꺼내어 그에게 건넸다.

"자네, 혹시 우리 참모부에 들어올 생각이 없나?"

"차, 참모부라면……."

"마도병단에 들어와 전략을 수립하고 아군이 승리할 수 있도록 이끄는 군부의 두뇌라고 할 수 있지. 사령부가 심장이라면 참모부는 군대의 머리라네. 자네가 군대의 머리가 되어 동료들을 이끌고 싸우는 것일세. 어떤가? 한 번 도전해 보지 않겠나?"

"저, 정말이십니까?!"

"하지만 한 가지 조건이 있다네."

"그것이 무엇입니까?"

"앞으로 자네는 마도학을 공부하고 그것을 발전시키는데 공헌해야 한다네. 만약 필요하다면 마나코어 이식수술도 받아야 하지. 그렇게 된다면 일반인과는 조금 거리가 생길 수도 있어. 어떤가? 그래도 하겠나?"

그가 알기론 마도병단에 들어가게 되면 늙어 죽고 싶어도 죽지 못하고 정상적으로 가정을 꾸리기 힘들다고 했다.

그것은 보통 남자와는 결코 같은 길을 갈 수 없다는 것을 반증하는 사실이기도 했다.

그러나 그는 자신의 인생을 바꾸기 위해 흔쾌히 고개를 끄덕였다.

"좋습니다. 장군님을 따르겠습니다."

"정말로 마도병단에 들어올 것인가?"

"예, 그렇습니다."

"좋아, 그렇다면 내일 다시 이곳으로 오게. 그리고 그 이후 엔 대략 삼일 간 고통 속에서 살아가게 될 테니 단단히 각오 하는 것이 좋아."

"예, 장군."

이윽고 카미엘은 그에게 형의 행방에 대해 물었다.

"그건 그렇고, 이젠 자네의 형에 대해서 얘기해 보자고. 자네의 형은 지금 어디에 있나?"

"남부에 있는 광산에서 훈련을 받고 하루에 한 번씩 집에 옵니다. 가끔은 들어오지 않을 때도 있고요."

"그렇군."

카미엘은 피로츠에게 잠행을 준비시켰다.

"가세. 자네와 내가 직접 그를 만나보고 수장을 찾아갈 수 있을지 알아보자고."

"예, 장군."

"악센."

악센은 자신을 부르는 카미엘에게 살며시 고개를 조아리며 답한다.

"예, 장군."

"자네의 자택에 잠시 신세를 져도 되겠나? 잠깐이면 되네."

"무, 물론입니다! 아니, 영광입니다!"

"후후, 그래. 가세. 자네가 앞장서게."

"예!"

자신의 집에 사령관이 찾아온다는 소식에 그는 한껏 들떠서 앞장섰다.

9장

대의를 위하여

　카미엘이 대륙을 통일하던 시절, 나르세우스는 세계에서 가장 부유한 도시였다.

　사람들은 부족한 것 없이 삼시 세끼를 꼬박 고기와 빵을 먹으며 지냈으며, 일반 서민들도 대부분 자신의 소유로 된 땅과 가축들을 가지고 있을 정도였다.

　고리를 취할 수 있는 사람들이 없으니 버는 족족 자신의 것이 되었고, 열심히 일하는 사람들은 3대가 먹고살 만큼 많은 재산을 축적하기도 했다.

　하지만 지금의 나르세우스는 거지들의 도시라고 해도 될

정도로 가난하고 더러웠다.

사람들은 곳곳에 쓰러져 죽어가고 있었고, 죽은 사람들을 오히려 당연하다는 듯이 살며시 피해 다니고 있었다.

이런 광경은 단언컨대, 카미엘이 치세하던 시절에는 절대로 불가능한 일이었다.

'나라가 아주 난리도 아니군. 이런 극심한 기아라니……'

카미엘은 악센의 집으로 들어가는 길목에서만 무려 열 구가 넘는 시신을 보았지만, 그 어떤 누구도 시신을 수습할 생각을 하지 않았다.

대부분 이곳에 집을 갖지 못한 떠돌이 노숙자들이었고, 연고가 없는 그를 치워줄 사람들이 없었던 것이다.

그렇다는 것은 나라의 제도가 엉망이라 거리에 시신이 나뒹굴어도 조치를 치하지 않는다는 소리였다.

한마디로 지금 이 나라는 막장 끝까지 몰린 처절한 상황이라는 것이었다.

무거운 마음을 내려놓을 길이 없는 카미엘, 그에게 악센은 자신의 소소한 집을 소개했다.

"장군, 이곳입니다. 누추하지만 들어오시지요."

흰색 벽돌로 지은 악센의 집은 대략 5평정도 되는 작은 주택이었는데, 집에는 마구간과 창고도 함께 딸려 있는 것 같았다.

이곳에서 네 식구가 살기엔 다소 비좁을 것 같기는 했으나, 집도 절도 없이 떠도는 사람이 한둘이 아닌 것을 감안하면 감사를 해야 할지도 모를 일이다.

카미엘은 그에게 살며시 고개를 숙여 손님에 대한 예의를 표했다.

"잠시 신세를 좀 지겠네."

"아, 아닙니다! 편하게 들어오시지요."

카미엘은 집으로 발을 들였고, 악센은 나르세우스의 전통 방식대로 손님에게 밀로 만든 전병을 건넸다.

"드십시오. 마카입니다."

"고맙네."

마카는 섭씨 500도 이상의 화덕에서 20초 안에 구워낸 전병으로, 에네스라는 효모를 넣어 네 시간 이상 반죽해서 만들어진다.

주식으로 밀을 먹는 나르세우스이지만 특별한 날이 아니면 마카를 먹어볼 기회가 별로 없다.

마카는 에네스 나무의 수액에서 추출한 효모로 반죽에 넣어 네 시간 이상 치댄 후에 섭씨 500도의 화덕에서 구워서 만드는데, 이 과정에 들어가는 재료들은 모두 값을 매기기 참으로 애매한 것들이다.

우선, 에네스 나무는 루야나드 대륙 전역에 걸쳐 무성하게 자라 있는데, 그야말로 발에 치이는 것이 에네스 나무일 정도로 흔하다.

이를 테면 지구의 강아지풀처럼 길가에 아무렇게나 피어 있는 식물이 바로 에네스인 것이다.

게다가 500도 이상의 화덕을 사용하는 곳은 대장간뿐인데, 빵집에선 판매용 식빵만 굽기 때문에 200도 이상의 화덕을 사용하지 않기 때문이다.

그래서 나르세우스 사람들은 특별한 사람이 오는 날에 대비하여 대장간에서 마카를 구워 저장해 놓는다.

대장간은 동네 사람들의 식칼을 갈아주고 철을 팔아먹기 때문에 마카정도는 그냥 구워주는 편이다.

이러한 이유에서 마카는 특별한 음식이면서도 상당히 흔한 음식이기도 하다.

하나, 나르세우스에선 분명 손님을 대접하는 예의로 표현되는 가장 대표적인 음식이라고 할 수 있다.

카미엘은 오랜만에 먹어보는 마카를 질겅질겅 씹으며 악센의 안내를 받는다.

"별것 없는 집입니다. 보시다시피 방은 따로 없고, 거실에서 숙식을 해결합니다. 변소는 밖에 있습니다만, 잘 이용하지 않습니다. 밤에는 잘 보이지 않거든요."

"그렇군."

생활양식은 다른 서민들과 별 차이가 없어보였지만, 집에는 상당히 특이한 그림이 하나 걸려 있었다.

마치 파스텔로 그린 듯한 색감의 그림에는 천사가 자신의 날개를 스스로 떼어내는 모습이 표현되어 있었다.

어쩌면 상당히 잔인하다고 생각될 정도로 독특한 이 그림은 가정집과는 어울리지 않는 것 같았다.

카미엘은 이 그림의 의미에 대해 묻는다.

"천사가 자신의 날개를 도려내고 있군. 도대체 이 그림은 무슨 의미를 담고 있나?"

악센은 그림의 겉표면을 살며시 비비며 말했다.

"이 그림은 평등을 상징합니다."

"평등이라?"

"천사는 자신의 날개를 스스로 도려내면서도 미소를 잃지 않고 있습니다. 저것은 무엇을 의미하냐면, 그녀는 천사로서의 특권을 스스로 포기하는 것을 기꺼워하고 있다는 것을 뜻합니다."

"아하, 인간 위의 인간이 스스로의 특권을 포기하면서 평범한 사람이 되는 것이다?"

"그렇습니다."

카미엘은 그제야 이 집에 정말 레지스탕스가 있다고 생각했다.

"그래, 그렇군. 아마도 이 그림은 자네의 형이 그린 것이겠지?"

"예, 그렇습니다. 제 형의 몸에도 똑같은 그림이 그려져 있지요."

악센의 형은 이 그림을 그린 후, 자신의 몸에도 똑같은 문신을 새겨 굳건한 의지를 다졌다.

그는 고통 속에서도 미소를 짓는 그림 속 천사와 같이 그 어떤 시련에도 자유에 대한 의지를 잃지 않겠다는 마음으로 그림을 그린 것이다.

"심지가 굳은 청년이군."

"외골수입니다. 앞뒤가 꽉 막혀 있지요."

"원래 혁명은 외골수가 만들어가는 것이라네. 생각이 너무 많으면 세상을 바꿀 수가 없어."

바로 그때, 집의 문이 열리며 건장한 사내가 한 명 들어섰다.

그는 날렵한 콧대와 옆으로 찢어진 눈을 하고 있었는데, 이목구비만 따지자면 악센과 상당히 흡사해 보였다.

청년은 자신의 집에 들어와 있는 손님들을 바라보며 고개를 갸웃거린다.

"뭐야? 누구쇼?"

"혀, 형! 이분들은……."

카미엘은 버릇없는 형을 다그치려던 동생을 제지하곤 자신이 직접 말을 트기로 했다.

"자네가 이 집의 장남인가?"

"그렇수다. 그러는 댁은 뉘슈?"

"나는 먼 길을 돌아온 이방인일세. 자유를 갈망하는 사내이기도 하지."

"자유……."

"초면이지만 하나만 묻지. 자네가 생각하는 가장 이상적인 세상은 과연 무엇인가?"

다짜고짜 자신에게 이상적인 세상에 대해 묻는 카미엘을 바라보며 악센의 형 마르센은 눈살을 찌푸렸다.

"뭐야? 당신, 조사관이야?"

"그건 아니라네. 그저 자네의 의식이 얼마나 깨어 있는지 확인해 보고 싶을 뿐이야."

가만히 카미엘을 바라보던 마르센은 이내 자신의 속마음을 조금 털어놓았다.

"있는 자가 없는 자를 돕고 강한 자가 약한 자를 건사하는 것이 가장 이상적인 세상이 아니겠수?"

"만약 그러다가 약하고 없는 자들이 게을러져 일을 하지 않으면 어쩔 것인가?"

"그건……."

카미엘은 그에게 악수를 건네며 말했다.

"정식으로 내 소개를 하지. 나는 카미엘 피올리안바토르스라고 하네. 이 땅에 민주주의를 실현하기 위해 왔지."

"미, 민주주의?"

"말 그대로 국민이 주인인 나라, 모두가 평등하지만 자신의 행동에 스스로 책임을 지는 나라. 그것을 두고 민주주의라고 한다네."

마르셴은 자신도 모르게 카미엘의 손을 잡았다.

"민주주의라……"

"지금 자네가 믿고 있는 세상은 전부가 아니라네. 이 세상이 더 살기 좋아지려면 그 위의 것을 봐야 해. 이를 테면 민주주의처럼 말이지."

"아…!"

그제야 마르셴은 카미엘에게 정중히 고개를 숙인다.

"누구신지는 몰라도 제가 과오를 범했군요. 미안하게 되었습니다."

"아니, 아닐세. 처음 보는 사람에게 이질감을 느끼는 것은 당연한 일이라네. 오히려 불쑥 집에 찾아온 내가 미안할 따름이야."

이윽고 카미엘의 손을 놓은 마르셴이 물었다.

"그나저나 선생님께선 이곳에 어쩐 일로 오셨습니까? 저와 정치에 대해 논하기 위해 오신 것은 아닌 것 같고……."

"하하, 그래. 자네와 정치를 논하기 위해 온 것은 아니지. 하지만 나는 자네가 따르는 조직의 수장을 만나보기 위해 이곳까지 왔다네."

"…수장이라면……."

"반군의 수장 말일세. 듣기로, 그는 이 땅에 평등을 가져오기 위해 젊은이들을 훈련시키고 있다더군. 과연 그런가?"

"……."

더 이상 말을 아끼는 마르셴, 카미엘은 그에게 제국군 수장을 상징하는 인장을 보여주며 말했다.

"괜찮네. 나는 마도병단을 이끄는 사람일세. 어쩌면 자네와 뜻이 같다고 할 수 있지."

순간, 그는 화들짝 놀라 카미엘의 이름을 되뇐다. 그리곤 무릎을 치며 급히 고개를 숙였다.

"아이고, 장군님! 카미엘 장군님이셨군요! 저는 그런 줄도 모르고……."

"하하, 아닐세. 처음 보는 사람이 나를 어떻게 알아보겠는가?"

카미엘이 밑도 끝도 없이 민주주의에 대해 논한 것은 그가 마르셴과 같은 사상을 가지고 있다는 것을 고취시키기 위함이었다.

덕분에 그는 예상보다 일찍 카미엘에게 마음을 연 것 같았다.

그는 마르센에게 반군의 수장에게 찾아갈 수 있는 방법을 물었다.

"자네의 동생에게 들었네. 반군의 수장이 광산에 있다면서?"

"예, 그렇습니다."

"만약 가능하다면 자네의 수장을 만나볼 수 있겠나? 나와 뜻이 같다면 함께 대의를 도모할 수 있을 것 같아서 말이야."

"저, 정말 그럴 수 있습니까?!"

"물론이네. 하지만 자네들의 수장이 나와 뜻이 같아야만 이 협상은 타결이 되겠지?"

"당연히 그럴 겁니다! 무조건 그러고말고요!"

자리를 박차고 일어선 마르센이 집의 문을 열며 말했다.

"가시지요! 제가 안내하겠습니다!"

잔뜩 신이 난 마르센, 하지만 카미엘은 그런 그를 적당히 만류하며 말했다.

"아직은 때가 아니라네. 오늘 새벽, 사람들의 눈을 타지 않는 시각에 다시 만나기로 하지."

"아아, 그렇군요! 사람들이 보는 눈도 있겠군요… 제 생각이 짧았습니다!"

"후후, 그럴 수도 있지. 아무튼 오늘 새벽에 다시 보자고."

"예, 장군."

이윽고 카미엘은 마르센 형제의 집을 나선다.

＊　　　＊　　　＊

이른 새벽, 모두가 잠든 틈을 타 카미엘과 피로츠가 마르센의 집으로 향했다.

파밧!

그들은 성벽을 지키고 있던 병사들조차 행적을 알 수 없을 정도로 빠른 속도를 유지하고 있었다.

더군다나 지붕과 지붕을 넘어 다니는 카미엘과 피르츠를 발견할 수 있는 사람은 적어도 이곳에선 만날 수 없을 것이었다.

그런 그들의 뒤를 따르고 있는 사람은 다름 아닌 제이나였다.

"허억, 허억……! 조금만 늦게 갈 순 없어요?! 이러다 사람 죽겠네!"

"따라오기 힘들면 나에게 업히게. 업어주겠네."

"…됐어요."

"거, 사람 참, 업히라면 그냥 업히게. 이 밤에 땀을 한 바가

지나 흘리고선 그러나?"

"그럼 뭐……."

그녀는 못 이기는 척 카미엘의 등에 업혔고, 이내 슬그머니 미소를 지었다.

"오늘은 어째서 그렇게 강하게 저를 업으시려는 겁니까? 평소와는 조금 다르군요."

"자네가 많이 힘들어보여서. 나는 개인적으로 자네가 힘든 것이 별로 좋지는 않아."

"쳇, 평소에 좀 그런 소리를 하시죠? 이렇게 진지한 상황에서 그런 소리를 하십니까?"

"…앞으론 그렇게 하도록 하지."

카미엘은 자신이 대륙을 통일시키고 공화정을 이룩하게 되면 제이나를 집에 두고 가정을 꾸릴 생각이다.

그녀는 요리도 못하고 집안일엔 거의 젬병이지만, 아마도 아이들을 따끔하게 훈육하고 카미엘을 내조하는 성실한 여자가 될 것이 분명했다.

물론, 이 모든 것은 그녀가 카미엘과 결혼을 해준다는 가정 하에서다.

'이 기회에……?'

곁에 피로츠가 있긴 했어도 지금과 같은 분위기에서라면 결혼을 말할 수도 있을 것 같은 카미엘이었다.

그는 혼자만의 상상으로 남아버린 자신의 가정을 이룰 한 수를 던지기로 했다.

"저기, 제이나?"

"말씀하십시오."

전장에서 보여주었던 기백과는 상반되는 작은 목소리였지만, 카미엘은 나름대로 용기를 낸다.

두근거리는 가슴, 카미엘은 간만에 분위기를 잡아보기로 한다.

"혹시라도 말일세, 내가 자네에게 돌아간다면 어떻겠나?"

"그게 무슨 말씀이십니까?"

"떠난 사람이 이런 소리를 한다는 것이 별로 내키지는 않겠지만, 나는 자네와⋯⋯."

꿀꺽!

그의 목소리에 온 신경을 집중하는 그녀, 아마도 그녀는 이 소리를 꿈속에서부터 몇 번이고 듣고 싶었는지도 모른다.

하지만 산통은 역시 엉뚱한 사람이 다 깬다.

"장군! 다 왔습니다. 저기 형제가 보이는 것 같군요."

"⋯⋯."

"장군?"

"⋯알고 있네."

"왜, 왜 그러시는지⋯⋯?"

"아닐세. 가세나……."

"예, 장군!"

떨떠름한 표정의 카미엘, 제이나는 그런 카미엘의 등에 업혀 여전히 두근거리는 마음을 주체하지 못하고 있었다.

얼마나 가슴이 뛰면 그의 등에 자신의 심장 소리가 그대로 들릴까 봐 슬며시 가슴을 떼고 있었다.

'드, 들리려나?'

하지만 그러거나 말거나 피로츠는 형제에게 반가운 인사를 건넨다.

"나와주었군."

"물론입니다. 대의를 위한 일인데 당연히 나와야지요."

"그렇군."

형제는 아직도 제이나를 업고 있는 카미엘을 바라보며 고개를 갸웃거린다.

"그런데 저분은 누구십니까? 발목을 다치셨습니까?"

그제야 제이나가 화들짝 놀라며 카미엘의 등에서 내려온다.

"험험, 나는 제국군 정보부장이에요. 지금은 카미엘 장군님을 보필하고 있지요."

"그렇군요."

"…아무튼 레지스탕스의 보스를 만나러 갑시다. 더 이상 시간을 지체할 수가 없군요."

"그러시죠."

카미엘은 아무런 말이 없었고, 피로츠는 혹시나 자신이 뭔가 잘못한 것이 아닌가 싶어 연신 고개를 갸웃거렸다.

＊　　　＊　　　＊

남부 에실린 광산, 이곳에서는 하루에도 무려 20시간에 달하는 살인적인 노동이 이어지고 있었다.

그나마 광부들은 네 시간을 작업하고 나면 10분 남짓한 휴식을 얻을 수 있다.

이곳은 재상 나할린이 자신의 직할령으로 선포한 사유지로, 그 어떤 세력도 간섭할 권리를 갖지 못한다.

카미엘은 피골이 상접한 모습으로 간신히 곡괭이를 내려치고 있는 인부들을 바라보며 분노를 삭이지 못한 채 이를 갈았다.

"이런 개새끼들을 보았나!"

그는 이 땅에 평화가 찾아오기를 바라며 스스로 피를 묻히고 학살을 자행해왔다.

그럼에도 불구하고 이 나할린이라는 자는 사람을 짐승보다 더 못한 취급을 하며 자신의 이득만 취할 궁리에 빠져 있었다.

카미엘은 빠른 시일 내로 이 땅을 구원해야겠다고 다짐했다.

'내 반드시……!'

그런 그에게 광산 노동자들 중, 한 사람이 다가와 말을 걸었다.

"저… 카미엘 장군님?"

"그렇네만?"

"레지스탕스가 당신을 기다리고 있습니다. 이쪽으로 오시지요."

그는 일행을 바라보며 눈짓을 보냈고, 그들은 카미엘과 청년을 따라서 광산 깊숙한 곳으로 걸어 들어갔다.

마치 미로처럼 복잡한 갱도를 따라서 무려 20분이나 걸어 들어간 카미엘은 환한 불빛이 새어 나오고 있는 공터에 도달할 수 있었다.

그리고 그 공터에는 녹색 갑주로 무장한 5천의 병력이 도열해 서 있었는데, 그 중앙에는 검은색 갑옷을 입은 사내가 단상에 올라 있었다.

단상에 오른 그는 카미엘을 보자마자 바닥에 머리를 찧으며 외쳤다.

"각하! 이 날을 위해 2년을 기다렸습니다! 저희를 거두어주십시오!"

"충!"

카미엘은 제법 날이 선 병사들을 바라보며 흐뭇하게 웃었다.

"자네들이 레지스탕스인 모양이군."

"예, 각하!"

"자리에서 일어나게."

"감사합니다!"

이 땅에는 카미엘을 영웅으로 생각하는 청년이 거의 상당수를 차지하는데, 아마 그가 군을 구성한다면 스스로 자원해 군에 입대할 청년이 꽤 많을 것이다.

아마 이들 역시 카미엘의 생환소식을 듣고는 곧바로 입대 의지를 모은 것으로 보였다.

카미엘은 레지스탕스의 수장, 맥기에게 물었다.

"자네는 이 땅에 있는 귀족들이 어떤 비리를 저지르는지 익히 잘 알고 있다고 들었네. 정말 그런가?"

"예, 각하! 탐관오리들이 백성들의 피고름을 짜내어 호의호식하고 있다는 사실을 모두 다 알고 있습니다! 그리고 그에 대한 증거들도 충분히 확보한 상태지요!"

"그렇군. 아주 늠름하게 군을 잘 이끌고 있었구먼."

"감사합니다!"

카미엘은 그에게 제국군 장교를 의미하는 인장을 건넸다.

"이제부터 자네를 제국군 제2군단을 통솔하는 장교로 임명하겠네. 추후에 내가 민주주의를 옹립하면 국민들을 위해 희생해 주게."

"분부를 받듭니다!"

그는 자신을 따르기로 결심한 병사들에게 말했다.

"이제부터 자네들은 나와 함께 저 악독한 무리들을 몰아내고 다시 한 번 대륙을 통일할 것이다! 그리고 이 땅에 귀족을 몰아내고 오로지 국민에 의해 움직이는 세상을 만들어낼 것이다!"

"……!"

"내가 있는 한, 시대는 변할 것이다! 없는 자도 위대한 지도자가 될 수 있는 세상, 그곳이 바로 이 땅에 도래할 것이다!"

"와아아아아아아아!"

"카미엘! 카미엘!"

그는 병사들의 사기를 그대로 받아들여 조속히 반정을 일으키기로 마음먹었다.

*　　　*　　　*

대륙 서부에 위치한 성기사단의 은거지.

레비로스는 미카엘의 대검을 질끈 동여매고 서부신전을 찾았다.

이미 대부분의 성기사단이 대륙 전역으로 흩어지고 이곳에는 몇 명 남지 않은 성녀들만이 자리를 지키고 있었다.

그는 대신관의 대리자로 이곳을 관리하고 있는 대신녀 엘레노어를 찾았다.

그녀는 레비로스의 얼굴을 보기도 전에 그가 이곳에 어떻게 찾아왔는지 알고 있었다.

40대 초반이라고는 전혀 믿어지지 않을 정도로 탄력적인 몸매와 백옥 같은 피부, 만약 레비로스가 장가를 들지 않았다면 한 번쯤 대시를 해보고 싶을 정도로 절세가인이었다.

하지만 그녀는 아쉽게도 신과 결혼한 신녀였고, 더군다나 황제가 될 사내에 대해 이미 모든 것을 다 알고 있었다.

"지금쯤 오실 것이라 생각하고 있었습니다. 몇 달 전, 신탁을 받았거든요."

"신탁이라……."

"대천사께서 자신의 검이 이곳으로 오고 있다고 저에게 말씀하셨습니다. 그리고 그분의 검은 신의 뜻에 따라 이 땅을 평화롭게 만들 것이라고 하셨지요."

"그렇군요."

그녀는 레비로스를 성기사의 전당으로 안내한다.

성기사의 전당은 마이언트가 레비로스에게 처음으로 기사단의 존재를 알린 곳이다.

그로부터 20년, 이곳은 이제 모든 성기사들의 안식처가 되었고, 언젠가는 다시 대의를 위해 모일 것을 다짐하고 있었다.

엘레노어는 레비로스에게 대천사의 나팔을 건네며 말했다.

"이제 슬슬 당신의 군대를 모집하시지요."

"알겠습니다."

그는 대천사의 나팔을 잡았고, 그것을 힘차게 불었다.

우우우우우웅, 뿌우우우!

크고 우렁찬 나팔소리가 울려 퍼지자, 대지가 진동하고 신성력의 폭풍이 신전을 중심으로 요동치기 시작했다.

슈아아아아아악, 콰아앙!

이윽고 마침내 그 엄청난 기운은 대륙 전역으로 퍼져나갔고, 그 기운을 발견한 기사들은 다시 신전으로 모여들 것이었다.

그녀는 이내 레비로스의 앞에 고개를 숙이며 말했다.

"부디 이 땅에 평화를 가져다주십시오. 그때까지 당신을 보필하겠습니다."

"고맙습니다."

이제 그녀는 레비로스의 명을 수행하고 성기사단을 다시 규합하는데 힘을 보태게 될 것이다.

＊　　　　＊　　　　＊

나흘 후, 레비로스의 휘하로 6만 5천의 성기사단과 그의 병사들이 서부 신전에 모여들었다.

레비로스는 자신이 황제가 된 이후로 3만에 불과했던 성기사단의 병력을 무려 30만까지 끌어올렸다.

제국의 한 주축을 성기사단으로 채워 군사적 폐단을 미연에 방지하려 했던 것이다.

하지만 레비로스의 사후, 이들은 결속력을 잃고 대륙 전역으로 다시 퍼져나갔다.

그 과정에서 30만에 달했던 성기사단은 그 세력이 흩어져 지금의 6만 5천에 이르게 된 것이었다.

그러나 6만 5천의 병력은 일반 군대의 10배가 넘는 전투력을 가지고 있었으며, 마도병단과 1대1로 붙어도 전혀 손색이 없을 정도의 정예들이었다.

촤라라락!

레비로스의 앞에 부복한 6만 5천의 병력은 모두 은은한 백색 안광을 뿜어내고 있었다.

'천족의 면모를 완성시켜 가는 단계에 접어들었군.'

이제 레비로스는 반천족에서 거의 완연한 천족의 경지에 이르렀는데, 이것은 훗날 그가 미카엘의 능력을 모두 사용할 수 있게 된다는 소리였다.

아마 그때의 레비로스는 이미 천상계로 올라가 대천사들과 함께 어울리고 있을지도 모른다.

레비로스는 부복해 있는 기사단에게 말했다.

"우리는 이 땅을 다시 백성들의 손에 되돌려줄 의무를 가지고 있다. 이것은 그대들이 지금껏 살아온 이유이기도 하며, 존재의 가치이기도 하다."

고요한 좌중, 레비로스는 대천사의 검을 뽑아 들어 진군을 명령한다.

챙!

"가자! 진정한 신의 뜻을 이 땅에 이룩할 때가 되었다! 우리는 민주주의를 위해 진군하고 또 진군할 것이다! 그리고 썩어빠진 이 땅의 부패의 뿌리를 뽑아버리자!"

"충!"

레비로스는 6만 5천의 병사들을 이끌고 남하를 시작했다.

대륙의 심장이었던 나르세우스, 카미엘과 레비로스는 이곳에서 3만 6천의 병력과 6만 5천의 병력을 대동한 채 만남을 가졌다.

카미엘은 레지스탕스에게서 받은 정보들을 토대로 살생부를 작성했다.

"이제부터 이들을 차례대로 잡아다 족치면서 나라를 재정비하면 될 것 같군."

"하지만 이들이 순순히 우리의 뜻에 따르겠나?"

"그야 해봐야 알 일이지. 하지만 그들의 무력으론 우리를 감당할 수 없어."

그는 지도에 나온 구역들 중 이곳과 가장 가까운 영지를 지목했다.

"현 사령관 도예른의 영지를 먼저 치자. 그래서 공포 분위기를 조성한다면 피해를 최소화할 수 있지 않겠어?"

"그렇군. 더 이상 사람이 죽어선 안 되지. 좋아, 그곳으로 가자."

이 두 군단은 이제 하나로 힘을 합쳐 대륙의 평화를 도모하게 될 것이다.

10만에 달하는 병력들은 나르세우스 남부에 위치한 도예른으로 향했다.

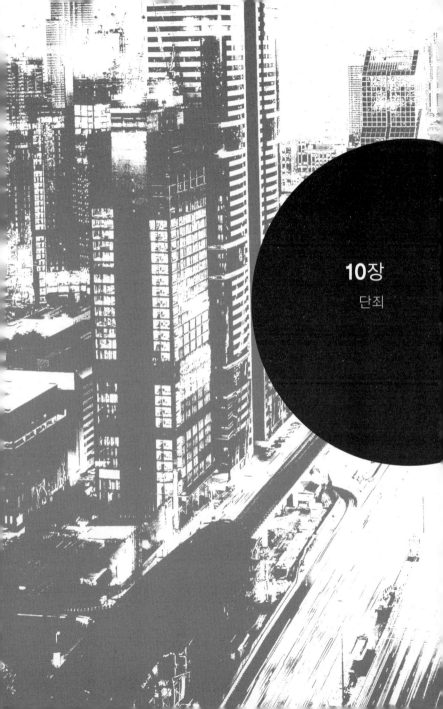

10장

단죄

늦은 밤, 도예른 후작의 방으로 스무 명의 소녀가 깔끔하게 단장된 채로 들어섰다.

도예른 후작은 왕국군 총사령관으로, 무관으로선 더 이상 올라갈 곳이 없을 정도로 권력의 정점을 찍은 사내다.

어쩌면 재상보다 훨씬 더 강력한 권력을 가진 그는 말 한 마디에 집안 하나를 멸문지화로 몰아넣을 수 있다.

그런 그에게 반항하는 사람은 아무도 없었으며, 덕분에 그는 날이 가면 갈수록 안하무인이 되어가고 있었다.

"보자… 오늘은 얼마나 삼삼한 것들이 들어왔는지 한 번

볼까?'

　도예른은 폭식과 폭음으로 도배된 생활을 영유하고 있었는데, 그 턱에 붙은 살집만 무려 20근이 넘을 정도였다.

　사람들은 그를 돼지머리 도예른이라 비하하곤 했는데, 그 몰골이 정말 돼지머리의 오크와 별반 다를 것이 없었기 때문이다.

　하지만 그런 도예른에게 정말 돼지머리라고 직언할 수 있는 사람은 아마 왕국에선 찾아보기 힘들 것이다.

　아마 그를 처벌하기 위해 천상계에서 대천사가 내려온다면 몰라도, 지금 당장 그를 처단할 수 있는 이는 존재하지 않았다.

　침상에 누워 시종들의 수발을 받으며 술독에 빠져 있던 도예른은 특유의 음흉한 눈으로 소녀들의 몸을 훑기 시작했다.

　"킁킁, 일단 냄새는 전부 다 합격이군."

　악취가 진동하는 도예른이지만 유난히도 여자들의 향기에 민감하게 굴었다.

　돼지를 닮아서 그런지 도예른은 후각이 일반인보다 훨씬 발달이 되어 있었는데, 사람을 만나거나 음식을 먹을 때면 항상 이렇게 냄새를 맡곤 했다.

　모든 것의 냄새를 먼저 맡아본다는 것은 성격이 상당히 예민하다는 소리이다. 그가 여자를 고를 때 신중한 것도 아마

예민한 성격 탓일 것이다.

그는 중간 중간에 끼어 있던 소녀들을 골라냈다.

"너, 너, 나가."

"…예, 각하."

"여봐라, 이년들을 병사들에게 던져 주거라."

"예, 각하!"

이곳에 끌려온 소녀들은 한 번도 남자와 동침한 적 없는 처녀들이다.

그런 그녀들을 성욕에 굶주린 병사들에게 던져준다면 아마 하루를 버티지 못하고 죽을지도 모른다.

하지만 그는 인간의 존엄성에는 눈곱만큼도 관심이 없었고, 오로지 자신과 자신의 병사들이 즐겁다면 그것으로 만족했다.

"…사, 살려주세요!"

"꺄아아아악!"

저 멀리서 소녀들의 비명소리가 들려오는 것으로 보아 벌써부터 병사들이 소녀들을 돌아가며 탐하기 시작한 모양이다.

일반인이라면 이 끔찍한 광경 앞에선 잠도 제대로 못 이룰 텐데, 그는 오히려 흥분하여 15명의 소녀들에게 달려들었다.

"이리와라! 어서!"

"예, 각하……."

도예른은 아주 편하게 누워 몸을 대자로 뻗었고, 소녀들은 각자 정해진 위치에 앉아 그의 몸을 핥아대기 시작했다.

"츄릅, 츄릅……."

"후후, 그래! 바로 이거야!"

하루 종일 목욕을 하지 않고 밤이 되어서야 몸을 씻는 그의 습관은 이런 못된 성생활에서 비롯된 것이다.

굳이 물로 몸을 씻지 않아도 이렇게 어리고 어여쁜 소녀들이 혀로 자신을 씻어주기 때문이다.

"후아……! 좋구나!"

하지만 그런 그의 그릇된 성생활은 오늘로 종지부를 찍게 되었다.

콰앙!

"각하! 큰일입니다!"

"이런 미친놈! 지금 내가 무엇을 하고 있는지 보이지 않느냐!"

"죄, 죄송합니다! 하지만 급히 나와 보셔야 할 것 같습니다!"

"무슨 일인데 이 소란이냐?!"

자신의 물건이 발딱 서 있는 꼴을 부하에게 보인 도예른은 화가 머리끝까지 나 있었지만, 기사의 표정이 너무 다급해 보여 하는 수 없이 감정을 억누를 수밖에 없었다.

"…만약 별일이 아니라면 네놈의 수급을 취할 것이다."

"예, 각하!"

기사는 도예른을 방에서 나오도록 인도했는데, 복도에는 이미 비상령이 선포되어 뛰어다니는 병사들이 심심치 않게 보이고 있었다.

그제야 도예른은 영지에 누군가 침략을 감행하고 있다는 사실을 인지했다.

"침입?"

"예, 그렇습니다! 지금 각하의 친위대까지 전부 투입되어 방어전을 실시하고 있습니다! 어서 나와 현장을 지휘해 주셔야 합니다!"

"이런 빌어먹을……!"

부랴부랴 짐을 꾸리고 수성전에 나서는 도예른, 그는 갑주를 대충 몸에 두른 채 성벽으로 향한다.

"여봐라! 누군가 상황 보고를 올려라!"

"예, 각하!"

그의 부관들 중 한 사람이 양피지에 적힌 내용들을 빠르게 읊어 나간다.

"적의 병력은 대략 10만, 그중에 절반은 성기사단인 것으로 확인되었습니다. 그리고 나머지 병력은 마도병단이랍니다."

"마도병단?!"

얼마 전, 나르세우스로 들어온 마도병단은 민생을 구제하겠다는 말만 남기곤 지금까지 움직임을 보이지 않고 있었다.

아마도 지금 이 난리를 피우기 위해 몸을 웅크리고 있었던 모양이다.

"제기랄! 군부의 중심인 나를 무너뜨리기 위해 지금껏 병력을 아끼고 있었던 것이군!"

바로 그때, 성문에서부터 엄청난 충격이 전해지기 시작했다.

쿵쿵, 콰앙!

"가, 각하! 적의 기병대가 성문을 돌파했습니다!"

"뭐라?!"

제 아무리 뛰어난 기수들을 동원한 군대라고 한들 성문을 돌파할 수 있는 기병대는 존재하지 않는다.

군마 자체가 성벽을 뚫을 수 있을 만큼 거대하지도 못할뿐더러, 보통의 성문은 투석기로도 파괴하기 힘들기 때문이다.

그런데 기병대가 성벽을 뚫었다는 것은 도저히 믿어지지 않는 일이었다.

"각하! 외성문이 뚫렸습니다! 내성으로 피신하셔야 합니다!"

"제기랄! 이렇게 빨리?!"

"어서……!"

"빌어먹을!"

별수 없이 후퇴를 거듭할 수밖에 없는 도예른, 하지만 그는 지금껏 단 한 번도 구경한 적 없었던 신묘한 술법에 의해 발목이 붙잡히고 말았다.

"하이 인탱글!"

쿠그그그그그극!

순식간에 땅에서 넝쿨이 솟아나더니 병사들은 물론이고 기사와 도예른의 발목을 붙잡았다.

그리곤 끝까지 반항하는 병사들의 목이 하늘 높이 달아나기 시작했다.

"막아라!"

퍼억!

푸하하하하악!

"흐이이이익!"

"사, 살려주십시오!"

"반항하지 마라! 투항하면 목숨을 잃지 않을 것이다!"

적군은 반항하는 사람들만 골라서 목을 치고 있었고, 병사들은 그런 그들에게 곧장 투항하기 시작했다.

그것은 기사들도 마찬가지, 충성심이 대단한 것처럼 보였던 기사들이 하나둘 손을 들어 투항 의사를 밝힌다.

"우리도 투항하겠소!"

"이런 미친놈들?! 너희들이 그러고도 기사단이냐?!"

"당신에게 충성하다 죽는 것보다야 차라리 불명예스럽게 살아가는 것이 낫소이다."

이제 남은 것은 도예른 뿐, 모두가 적인 이 자리에서 그는 더 이상 살아갈 수 없다는 것을 깨닫는다.

'이렇게 된 바에야…….'

그는 자신의 허리춤에 매달려 있던 검을 뽑아들었고, 그것을 즉시 목에 찔러 넣으려 했다.

챙!

"이런 개새끼들! 죽어서 저주하겠다!"

하지만 애초에 그의 자결은 허락되지 않은 일이었다.

서걱!

"컥!"

의문의 사내가 그의 손을 검으로 그어버렸고, 그 덕분에 그는 바닥에 검을 떨어뜨릴 수밖에 없었다.

이제 자결할 수 있는 방법은 혀를 깨무는 것뿐. 그러나 그역시 도예른에겐 허락되지 않는 호사였다.

사내는 그의 입에 병사들이 신던 양말을 구겨 넣기 시작한다.

"우우, 우우욱!"

"죄인은 함부로 자결할 수 없다는 것을 모르는 모양이군. 하긴, 너같이 천한 것이 알긴 뭘 알겠나?"

이윽고 사내는 그의 뒷덜미를 칼등으로 후려쳐 기절시켜 버렸다.

* * *

영지 중앙에 위치한 분수광장, 이곳은 도예른이 시민들을 처형하고 병사들로 하여금 파렴치한 짓을 자행하도록 지시하던 곳이다.

도예른의 법에 저항한 이들은 죽거나 죽어서도 씻을 수 없는 치욕을 맛보게 되는데, 그중에 하나가 바로 분수광장에서의 윤간이었다.

벌건 대낮에 사람들이 지나다는 광장에서 윤간을 당한다는 것은 상상을 초월하는 수치심을 유발하게 된다.

도예른은 그 모습을 바라보며 즐거워하며 술자리를 즐겼고, 시민들은 그러면 그럴수록 그에 대한 공포심이 커질 수밖에 없었다.

카미엘은 지금껏 자신이 들어왔던 사실들과 성을 점령하면서 확보한 증인들을 세워 재판을 회부했다.

중앙광장에 모여든 사람들의 숫자는 모두 10만 명, 그중에서 재판에 증인으로 서게 될 사람은 무려 5만이었다.

그들은 자신들이 당했거나 보고 들었던 모든 것을 총망라하여 증언하기 시작한다.

"저놈은 우리 딸들과 여동생들, 심지어 아내까지 빼앗아 취했습니다!"

"흑흑, 내 딸들은 병사들에게 윤간을 당해 죽었습니다!"

형틀에 묶인 도예른은 재갈이 물린 채 공포에 떨고 있었는데, 카미엘은 그런 그에게 죄를 물었다.

"이들이 얘기한 것이 모두 사실이렸다?"

"우, 우우우……!"

"아아, 맞다고? 그렇군. 순순히 죄를 시인하니 죽이지는 않겠다."

이윽고 카미엘은 마도병단에게 전기 충격기를 꺼내오도록 지시했다.

"그것을 가지고 오라."

"예, 각하."

카미엘은 마나코어로 작동하는 전기 충격기를 개발했는데, 이것은 대략 200에서 2,000볼트에 달하는 전기를 내뿜는다.

한마디로 사람을 천천히 고통스럽게 죽이기엔 아주 알맞은 도구라고 할 수 있었다.

그는 도예른의 아랫도리를 벗겨 양물이 만천하에 드러내라고 지시한다.

"어차피 이중에 절반은 놈의 양물을 보았을 것이다. 벗겨라."

"우우우우!"

극도의 수치심, 카미엘은 그런 것을 아랑곳하지 않고 그의 성기를 만천하에 공개했다.

그리곤 그의 요도에 전기 충격기를 연결하여 충격이 아래에서부터 전해지도록 설정했다.

카미엘은 그의 죄를 요약한 교지를 낭독한다.

"네놈은 이곳을 통치하면서 권력을 휘둘러 백성들의 고혈을 쥐어짜내어 이득을 취하였고, 소녀들을 무작위로 잡아다 성노로 사용하였다. 이것은 국법에 위배되는 사안이며, 인권의 존엄성을 침해하는 행위다. 고로, 우리 군은 너에게 사형을 내린다. 단, 네놈의 사형은 한 달에 걸쳐 아주 서서히 진행될 것이며, 죽여 달라고 애원하게 될 때까지 고문할 것이다. 이것은 우리가 정한 법이며, 네놈은 그 법에 따라 적법한 절차를 밟는 것이다. 알겠나?"

"우우우우우!"

고개를 좌우로 흔들며 몸부림치는 도예른, 하지만 카미엘은 형벌을 속개한다.

"지져라!"

치지지지지지지직!

"우우, 우우우우우우!"

도예른의 몸으로 200볼트의 전기가 흘렀고, 그는 미친 듯이 몸을 떨다 못해 똥오줌을 지리기 시작했다.

사람들은 그런 그를 바라보며 환호성과 함께 회한의 눈물을 흘린다.

"흑흑! 죽일놈……!"

"죽어라, 죽어라!"

서서히 죽어가는 도예른, 카미엘은 전기를 줄여다 높였다를 반복하며 그를 고문했다.

＊　　　＊　　　＊

성주 도예른이 참형에 처해질 쯤, 그를 따라서 아녀자를 강간했거나 백성들을 유린한 가신들과 병사들을 단죄하는 재판이 진행되고 있었다.

레비로스는 대천사의 검으로 용의자들을 검증하면서 죄인을 가려낸다.

"네놈은 지금까지 총 50명의 소녀를 강간하고 부하들에게 윤간을 시켰다. 맞느냐?"

"아, 아닙니다! 결단코 그런 적이 없습니다!"

죄를 묻는 과정에서 용의자가 거짓을 말하게 되면 대천사의 검은 붉은색으로 물들어 스파크를 뿜어내게 된다.

치지지지직!

"거짓을 말했군."

"아, 아닙니다!"

"좋아, 다시 한 번 묻지. 이번에도 거짓을 고했다간 온몸이 썩어 들어가 죽게 될 것이다. 잘 선택하는 것이 신상에 좋아."

"흑흑, 저에게 정말 왜 그러십니까?!"

"죄가 있느냐 물었다! 맞느냐?!"

깊은 고뇌에 빠진 기사, 그는 끝내 고개를 끄덕이고 만다.

"예, 맞습니다… 제가 그랬습니다."

"그래, 그런 것이군."

레비로스는 그 즉시 병사들에게 용의자를 구속하라고 명령했다.

"이자를 카미엘 장군에게 데리고 가라. 그리고 그에게 적법한 절차를 거쳐 이놈을 처형할 수 있도록 고하라."

"예, 알겠습니다!"

"자, 잠깐! 저는 사실대로 고했습니다만……?!"

"그래, 사실대로 고했으니 그나마 네 가족들은 살려주겠다. 물론, 선창 노비로 팔려가 죽을 때까지 부역을 하겠지만 목숨은 부지하겠지.”

"흑흑, 살려주십시오!"

"끌고 가라."

"예!"

카미엘은 범죄와 죄악을 경멸하는 사람으로, 죄가 있다면 끝까지 찾아내 단죄했다.

그리하여 제국에 평화를 되찾았고, 심지어 자신 스스로조차 전범이라는 이유로 처형이 될 때에도 순순히 눈을 감았다.

자신의 목숨을 기꺼이 내놓을 수 있을 만큼 죄악을 싫어하는 카미엘이기에 예외라는 것은 있을 수가 없었다.

레비로스는 앞으로 남은 5천 명의 용의자들을 모두 심문하여 그 죄를 명명백백히 밝혀낼 참이다.

그 역시 죄로 인하여 죽음을 몇 번이고 경험했으며, 지금은 반 천인으로 다시 태어났다.

앞으로 이 땅에 부패를 근절하려면 지금과 같은 고생은 당연하다고 생각하고 있었다.

"다음 용의자를 대령하라!"

"예!"

*   *   *

이른 아침, 대전으로 나르세우스 왕국의 대소 신료들이 속속들이 모여들고 있었다.

하지만 그들은 요즘 정계를 떠들썩하게 만든 소문 덕분에 표정이 그리 썩 좋아보이지는 않았다.

죄를 지은 자들을 지독하고 처절하게 응징하는 군대, 그들은 지금 그 군대에 대한 두려움으로 잠을 제대로 이루지 못하고 있었던 것이다.

그런 대소 신료들 가운데에서도 나할린의 신경은 가장 곤두서 있었다.

재상 나할린은 정경 유착을 조장하여 국익을 빼돌리고 고관대작들을 돈으로 매수하여 타국에 정보를 팔아먹었다.

나라의 살림을 책임지는 중요한 자리를 손아귀에 넣고 있으면서도 민생을 수탈할 생각에만 머리를 굴렸던 그는 레비로스가 나타나고 나서부터는 통 잠을 이룰 수 없었다.

그런 가운데 대전 회의가 열렸으니, 당연히 신경이 날카로워져 있을 수밖에 없었던 것이다.

도대체 며칠째 잠을 이루지 못했던지, 나할린의 얼굴에는 수분이라곤 전혀 찾아볼 수가 없었다.

신료들은 그런 그를 남일 같지 않다는 시선으로 바라본다.

"재상께서도 제대로 기침하지 못하신 모양이군요."

"…무슨 말이 하고 싶은 건가?"

"예로부터 권력의 크기는 죄와 직결된다는 소리가 있지 않습니까? 그래서 왕들이 항상 암살의 위협에 시달리는 것이고요."

"지금 어느 안전이라고 그런 망발을 일삼는가?!"

"그거야……."

나할린과 부하들이 말싸움을 벌이려던 바로 그때, 나르시아 여왕과 엘레니아 대비가 모습을 드러냈다.

빠바밤!

"여왕과 대비께서 들어오십니다!"

"성은이 망극하옵니다!"

격식을 차려 읍하는 대소 신료들, 두 모녀는 그런 그들을 무시한 채 말했다.

"여봐라! 진정한 황제와 전설적인 장군께서 입장하실 것이다! 성대한 환영을 준비하라!"

"예!"

엘레니아의 명령에 의해 대전 중앙에는 순백색 천이 깔렸고, 그것은 대전의 문까지 이어졌다.

문까지 이어진 천에는 그 어떤 잡티도 묻어나지 않았는데, 이것은 주신교에서 종교의식을 행할 때 흔히 사용하는 천이었다.

신료들은 천을 따라서 시선을 굴렸고, 이내 그 시선이 두 사내에게 멈추어 선다.

"레비로스 황제!"

"카, 카미엘?!"

레비로스가 앞장서고 그 뒤를 따르는 카미엘, 대전에 모인 이들은 자신도 모르게 더 낮게 몸을 숙이게 되었다.

"폐, 폐하!"

"오랜만이군. 이 대전에서 그런 소리를 들어보는 것이 말이야."

이윽고 레비로스가 나르시아가 앉아 있던 옥좌에 몸을 기댔고, 카미엘은 단상 위에 서서 신하들에게 말했다.

"이제 왕위는 바뀌어 다시 레비로스 황제가 그 왕위에 앉게 되었다. 이로서 우리는 다시금 나르서스 제국으로 국호를 바꾸고 북진을 시작한다."

"하, 하오나 지금은 각 왕들이 치세하는 세상입니다! 어찌 그런 정복 전쟁을……!"

"우리는 공화정을 위해 대륙을 통일할 것이다. 앞으로 이 땅에는 귀족과 신분제도가 없어지게 될 것이다. 평민과 귀족, 노예의 구분이 없어지는 셈이다. 죄를 어긴 자들은 엄히 처벌하여 극형에 처하고 시민들은 사유재산을 모아 생활수준을 높이게 된다. 이것이 바로 우리가 치세하는 목적이다."

귀족이 없는 세상, 나할린은 그것이 존재할 리 없다고 생각하여 카미엘에게 정면으로 반박하고 나선다.

"그것은 또 다른 난세를 불러올 뿐입니다! 그리고 이 나라 역시 나르세우스 왕조가 옹립한 땅입니다! 당신들이 어찌할 수 있는 것이 아니란 말입니다!"

"…그래? 정말 그러하냐?"

카미엘은 서서히 분노하기 시작했고, 그의 푸른 기운은 순식간에 장대를 잠식하여 아주 미세한 진동을 일으켰다.

쿠그그그그그ㅡ!

"허, 허억!"

"나라 앞에 너 같은 탐관오리는 하찮은 존재일 뿐이다…! 그렇게 죽고 싶다면 소원을 이뤄주도록 하지!"

순간, 카미엘은 자신의 손에서 작은 공을 집어던졌다.

끼릭, 끼릭!

카미엘이 집어 던진 작은 공은 크기 1㎝의 작은 양철인형들의 집이었다. 그리고 그 집에선 총 50마리의 양철인형들이 잠들어 있었다.

이제 그들은 카미엘이 뿜어낸 마나의 파장으로 인해 정신을 차렸고, 그의 명령에 따라 한 지점을 향해 움직였다.

샤샤샤샤샤샤샥!

"어, 어어……!"

양철인형들은 나할린의 코를 타고 뇌로 침입해 들어갔고,

그는 천장을 향해 눈알을 뒤집어 버렸다.

"커거거거걱…!"

생으로 뇌를 파먹는 형벌, 이것은 상상을 초월하는 고통을 수반하게 된다. 고통으로 몸을 파르르 떠는 나할린, 카미엘은 그런 그를 가리키며 말했다.

"죄는 죄를 낳고, 욕심은 사망을 낳는다! 잘 보아라! 너희들이 저지른 죄의 대가는 고통으로 돌아올 것이다!"

"가, 각하!"

"울어라! 너희들의 죄를 뉘우치며 울란 말이다! 그리고 백성들을 향해 고개를 조아리고 읍하라! 그러면 살려줄 것이다!"

"감사합니다!"

이로서 나르세우스는 다시 나르서스 제국으로 국호를 고치고 정복 전쟁을 준비했다.

*   *   *

나르서스 제국의 옹립은 주변 25개 국가들에게도 지대한 영향을 미쳤다.

몇몇 작은 국가들은 이미 나르서스로 친서를 보내어 자신들이 제후국이자 속국으로 편입되겠다는 입장을 표명했다.

하지만 나르서스 제국은 단 하나, 유일한 통치이념을 앞세웠다.

그것은 바로 각 나라의 왕조를 없애고 공화당 정치에 들어와야 한다는 것이었는데, 이를 따를 수 있는 왕조는 그리 많지 않았다.

다만, 카미엘은 각 나라에 공화당을 세우고 입헌왕권으로서 왕조를 대우하겠다고 선언했다.

백성이 나라의 주인으로 돌아가는 정치체제에 권력이 없는 왕을 세워 나라를 유지하겠다는 것이었다.

이에 따르겠다고 선언한 나라는 모두 10개국, 이들을 제외한 나라들은 자신들의 왕권을 침해하려는 카미엘과 결사항전을 벌이겠다고 다짐하고 있었다.

그런 그들을 하나로 엮은 자가 있었으니, 그는 바로 나르서스 제국의 전 재상인 한트였다.

한트는 무려 10만의 군사들을 잃고 한동안 수렁에 빠져 있었으나, 다시 한 번 주변국들과 백성들을 수탈하여 5만의 군세를 모았다.

이 짧은 기간에 5만의 군사를 모았다는 것은 실로 엄청난 일이었으며, 이로 인해 죽어나간 백성들의 숫자는 이루 말할 수도 없었다.

이제 카미엘은 더 이상의 살육전을 두려워하며 시간을 낭

비하다간 한트가 사람을 모두 다 죽일 수도 있겠다고 생각했다.

카미엘은 나르세우스에 주둔하고 있던 병력은 그대로 남겨두고 마도병단과 성기사단을 통합한 중앙군 10만을 이끌고 북진을 시작했다.

둥둥둥―!

나르서스 제국 중앙군은 출정식도 갖지 않은 채 곧바로 진격을 시작했고, 모든 병력은 말을 타고 이동할 수 있도록 했다.

군수물자는 모두 배에 싣고 바다를 타고 이동하도록 했으며, 그 물자들은 대운하를 타고 각 점령지로 이동될 예정이었다.

덕분에 카미엘의 진군은 상상 그 이상으로 빠르게 진행됐다.

진군의 북이 울려 퍼지는 가운데, 카미엘은 드래곤 본 소드를 뽑아들었다.

챙!

그는 자신의 앞에 보이는 한트의 영토 첫 관문을 향해 검을 치켜세웠다.

"돌격!"

"와아아아아아!"

방패를 든 마도병단이 적들의 화살을 막아내며 달려 나갔고, 나머지 병력은 일자로 길게 늘어서 뒤를 따라 달렸다.

"성문을 돌파한다! 공격을 준비하라!"

"충!"

마도군마의 장갑과 병사들이 든 철갑 방패의 무게는 무려 도합 150㎏, 더군다나 그 앞에는 카미엘의 마법이 덧대어져 있다.

"실드!"

위이이이이이잉!

몸이 단단해져 화살이 박힐 수 없는 돌덩이가 된 병사들은 자신들의 무게를 이용하여 그대로 성문을 들이 받았다.

쿠웅, 콰앙!

단 일격에 성문이 무너져 내렸고, 한트의 군사들은 혼비백산하여 성벽을 타고 쏟아져 내려왔다.

"막아라! 저놈들을 막으란 말이다!"

"이놈들, 어딜 막아서느냐?!"

퍼억!

"크허어억!"

마치 거대한 트럭 떼가 훑고 지나가는 듯한 광경, 나르서스 중앙군의 위용은 전쟁이 아닌 학살을 자행하는 듯했다.

기마대를 막아서는 자들은 모두 군마에 깔려 죽었고, 심지어 궁수들이 쏘아낸 화살은 그들에게 피해를 입히지도 못했다.

병사들을 지휘하고 있던 제이큰 자작은 망연자실한 표정으로 나르서스 제국군을 바라보고 있었다.

"이, 이럴 수가……!"

카미엘이 대륙을 통일하던 때에 비해 대략 20배쯤 빠른 진군속도와 강력한 병사들, 이제 그들이 지나가는 곳마다 나르서스의 영토가 되어갔다.

최종장

더 나은 미래로

한트는 주변 10개국에서 끌어온 병력 50만을 이용하여 방어선을 구축했고, 국가의 총력을 동원하여 수비를 펼치고 있었다.

하지만 터무니없이 강력한 카미엘의 군대를 막아내기엔 너무나 역부족이었다.

대륙의 중앙부는 불과 나흘 만에 제국의 손아귀에 넘어가 버렸고, 서부와 동부는 이미 해군이 장악하고 있었다.

제국군은 그것을 이용하여 가벼운 진군을 거듭하였고, 한트는 조금씩 전선을 뒤로 물릴 수밖에 없었다.

쾅!

"제기랄! 도대체 놈의 정체가 뭐야?! 정말 괴물이라도 된단 말인가?!"

한트는 카미엘이 정복 전쟁을 펼치던 시절을 직접 겪은 세다. 당연히 그의 저력을 잘 알고 있었고, 한계가 어디까지인지 가늠할 수 있었다.

그러나 그것은 한트의 착각일 뿐, 카미엘의 군대는 상식으로는 도저히 이해할 수 없는 위력을 지니고 있었다.

중앙군사회의를 진행하는 그의 얼굴에는 깊은 수심이 가득해 보였고, 장수들은 그저 고개를 숙일 뿐이었다.

"소장들이 무능한 탓입니다! 저희를 벌하여주십시오!"

"…됐다. 그런 입에 발린 소리를 하려거든 작전지도나 한 번 더 들여다봐라. 지금껏 우리가 당해온 것들을 단 1할이라도 갚아줄 생각을 하란 말이다."

"예, 폐하!"

한트는 자신의 왕국을 스스로 유아독존의 나라라고 칭했고, 자신은 그 나라의 지존인 황제라고 지칭했다.

그리하여 폐하라는 호칭을 받고 있었으나, 그 대접이 무색하게도 국력은 계속해서 약해지는 추세였다.

바로 그때, 한트에게 낭보가 들려온다.

"폐하! 희소식입니다! 적군이 지금 대륙 북부의 초입에서

진군을 멈추었다고 합니다! 아무래도 우리의 방어진이 먹히고 있는 것 같습니다!'

"뭐라? 그것이 사실이렸다!"

"예, 그렇습니다!"

"하하! 드디어……!"

한트는 휘하의 장수들에게 병력을 중앙으로 소집하라는 명령을 내렸다.

"군대를 집결시켜라! 놈들에게 한 방 제대로 먹여줄 것이다!"

"예, 폐하!"

각박했던 그의 표정에 한줄기 빛이 쏟아지는 것 같았다.

*　　　　*　　　　*

대륙 중부 나르서스 제국군 진영, 이곳에선 카미엘이 세운 간이 공장이 쉴 새 없이 돌아가고 있다.

위잉! 칙칙칙─!

철과 미스릴로 만든 그의 공장은 거대한 마나코어가 중심이 되어 마나신경체계를 구축하게 되었는데, 이것은 공장이 자동으로 무언가를 생산해낼 수 있도록 했다.

지금 카미엘이 만들고 있는 것은 병사들이 타고 다닐 수 있는 트럭이었다.

지금까지 카미엘은 루야나드에서도 통용할 수 있는 현대 기술을 연구하는데 시간을 할애하고 있었다.

사실, 그가 마음만 먹었다면 지금쯤 북부가 아니라 극동까지 군을 이끌고 나갈 수 있었을 것이다.

하지만 그는 여기서 잠시 군대를 휴식시키고 자신의 기술력을 시험해볼 작정이었다.

카미엘은 두께 25㎜의 강철판에 마나코어가루를 입혀 특수 도금 처리 공정을 거쳤다. 그리고 그것에 프레스 과정과 도색 과정을 거쳐 장갑차를 제작했던 것이다.

총 정원 20명의 장갑차는 마나코어로 엔진을 만들고 그 안에 물을 집어넣어 연료로 삼았다.

따지고 보면 증기기관과 원리가 비슷한 이 기술은 열 손실률이 거의 0%에 가깝기 때문에 물 한 바가지면 대륙 전역을 돌아다닐 수 있었다.

또한, 열 복사 환원 체계를 구축하였기 때문에 보조동력까지 이끌어 낼 수 있도록 설계되었다.

이수자동차가 개발했던 SUV 히어로의 총장을 대략 4배쯤 늘려놓은 이 차량은 최고시속이 250㎞까지 뻗어 나온다.

제로백은 4초 대, 스포츠카와 자웅을 겨루어도 전혀 손색이 없을 정도의 출력이다.

물론, 평범한 사람들이라면 이 차를 타는 순간 멀미를 하거나 공황장애를 겪을 수도 있겠지만 카미엘의 군사들은 이미 차량을 경험해 보았다.

또한 성기사단 역시 신성력으로 인해 자신을 충분히 컨트롤할 수 있으니 문제될 것은 없었다.

카미엘은 초도 물량으로 생산된 100대의 차량을 이용하여 운전병을 육성하고 있었다.

부아아아앙—!

굳이 카미엘이 진군을 잠시 중단하고 대륙 중앙에 공장을 세운 것은 이곳 초원이 운전을 연습하기에 가장 적당했기 때문이다.

불과 열흘의 훈련시간을 가졌지만, 마도병단과 성기사단은 그 기능을 충분히 숙지할 수 있었다.

지금은 고속 주행과 돌발 상황에 대한 훈련을 가치고 있으며, 차량 정비에 대한 지식을 숙달시키고 있었다.

카미엘은 자신이 직접 가르친 병사들의 운전 실력을 평가하며 흡족한 미소를 지었다.

"좋아, 좋아. 이정도면 장거리 운전을 지속해도 문제가 없겠어."

평가를 마친 카미엘은 병사들에게 차량 정비를 지시했다.

카미엘은 운전병 중에서 실력이 뛰어난 사람을 몇 추려서 대형 트럭을 운전할 수 있도록 교육했다.

카미엘은 25톤 화물 트레일러를 200대 생산할 예정이었는데, 이것은 연안과 주둔지를 오가며 물품을 조달하는 역할을 하게 된다.

또한, 추후에는 무역에서 가장 큰 중심축 역할을 하여 대륙의 대동맥에 혈액이 흐르도록 할 것이다.

카미엘은 따로 3일의 시간을 갖고 트럭 운전병들을 훈련시키고 있다.

"코너링을 좀 더 부드럽게! 그러다가 차량이 쓰러지면 어떻게 할 것인가?!"

퍼억!

"죄송합니다!"

그는 틀리면 무조건 맞고 구르는 스파르타식 교육방식을 고수하고 있었는데, 이것은 다른 교육방법보다 훨씬 효과가 좋았기 때문이었다.

덕분에 병사들은 완벽한 운전 실력을 터득하여 사고율 0%에 도전할 수 있었다.

또한 한 시간 운전연습 후엔 다시 정비를 공부하고 직접 돌발 상황에 대처하는 연습을 감행하여 차량에 대한 이해를 고취시켰다.

대형 트럭은 오히려 승용차보다 정비가 어렵기 때문에 고도의 지식과 기술력이 요구된다.

때문에 보통 구력이 오래된 운전수들은 승용차정도는 스스로 정비하고 점검할 수 있다.

이것은 자동차 기술력의 집약이라고 할 수 있는 트럭을 몰면서 쌓은 경험이자 노하우에서 우러나온 것이다.

카미엘은 대형차 운전병들에게 그런 기술을 전수하여 앞으로 후기지수 양성에 힘을 쏟을 수 있도록 대비했던 것이었다.

오늘도 운전병들은 카미엘에게 정강이를 까이며 피나는 노력을 거듭하고 있었다.

*   *   *

대륙 중앙에서 차량을 생산한지 보름 째, 카미엘은 드디어 모든 병력이 승차하고 돌아다닐 수 있는 5천 대 물량을 완성해냈다.

부아아아앙—!

병사들은 일사분란하게 시동이 걸린 장갑차로 뛰어 들어가는 훈련을 거듭하고 있다.

"움직여, 움직여!"

"제1소대 탑승 완료!"

"점검!"

"점검, 이상 무!"

화수는 히어로를 군용으로 사용하기 위해 바퀴에 부력장치를 장착하는 실험을 진행한 적이 있었다.

카미엘은 그것을 이용하여 상륙전에 기용하기로 했고, 병사들은 그에 대비한 훈련까지 함께 받고 있었던 것이다.

직접 차트를 들고 다니면서 각 조의 훈련 성과를 평가한 카미엘은 잘못된 점과 잘된 점을 지적하며 훈련의 완성도를 높여간다.

"차량에 탑승할 때에 무기는 어디에 놓도록 되어 있나?"

"자신의 가랑이 사이 입니다!"

"그런데 지금 자네의 총은 어디에 있나?"

"죄송합니다!"

"장난하나?! 지금 내가 죄송하다는 말을 듣고 싶어 물었다고 생각하나?!"

"아닙니다!"

"그럼 왜 물어본 것이라고 생각하나?!"

"잘못된 점을 알아보기 위함이라고 생각합니다!"

"그럼에도 불구하고 변명을 하려 했나?!"

"죄송합니다! 시정하겠습니다!"

"좋아, 지켜보겠다. 소대장!"

"예!"

"오늘 해당 소대는 완전군장 급속 행군 다섯 시간이다! 알겠나?!"

"예, 알겠습니다!"

"목소리가 작다! 소대장 목소리가 그렇게 작아서 무슨 전투를 치르나?!"

"죄송합니다!"

"해보자는 건가! 좋아, 너희들은 오늘 급속 행군 열 시간이다! 밥 먹을 때도 완전군장이다! 알아들었나!"

"예!"

카미엘은 그 누구보다 병사들의 훈련에 신경 쓰는 사람이기 때문에 그만큼 병사들을 혹독하게 다루기로 유명하다.

그가 계급이 낮아 장교로 복무하던 시절엔 주변에서 작은 악마라고 불릴 정도로 지독했었다.

그때의 지독함은 배가 되어 지금의 훈련 체계를 갖추게 된 것이었다.

하지만 이런 지독한 훈련은 앞으로 국가가 성장하는 밑거름이 될 것이니, 이쯤의 고생은 충분히 감수해야 할 병사들이다.

        ＊   ＊   ＊

늦은 오후, 마도병단과 성기사단은 자신들이 쓰던 활 대신 총을 지급받았다.

그들이 잡은 총은 K—2를 조금 계량해서 만든 것인데, 개머리판을 뒤로 확장하여 창처럼 사용할 수 있도록 제작되었다.

카미엘은 병력들에게 총을 지급하며 이것에 대한 사용방법을 숙달시키도록 지시했다.

지금까지 이곳의 전투는 활을 쏘고 육탄전을 벌이는 형식으로 진행이 되었지만, 이제는 그 대맥이 바뀔 예정이었다.

병사들은 엄폐물에 숨어 총으로 적을 사살하고 부득이하게 백병전을 벌일 때엔 검을 들게 될 것이다.

한마디로 지금 이들의 전투방식은 지구의 근대와 비슷한 양상으로 변하게 될 것이다.

탕탕탕!

탄환은 철갑에 마나코어를 집어넣어 만들었고, 그 위력은 K—2와 비슷하거나 조금 높았다.

카미엘은 그중에서도 병과를 나누어 기관총사수와 저격수를 배양해냈고, 수색을 맡게 될 수색대도 편성했다.

여기에 포병이 섞여야 완벽한 편제가 되겠으나, 아직 야포와 박격포는 개발 중에 있기 때문에 편제가 불가능했다.

하지만 이정도 무기만으로도 대륙을 일통하는데 전혀 무리가 없을 것이다.

대신, 총을 다루는데 걸리는 시간을 감안한다면 앞으로 보름정도 더 시간이 필요할 것으로 보였다.

특히나 카미엘은 분대단위 전투에 많은 공을 들이고 있었는데, 1개 분대 12명에 기관총 사수 한 명과 지정사수를 배치하는 것이었다.

그로 인하여 기관총사수와 저격수들은 조금 더 혹독한 훈련을 받고 있었다.

타앙! 타앙!

"표적에서 0.01㎝만 벗어나도 사람이 안 죽는다! 정신 똑바로 안 차려?!"

퍼억!

"죄송합니다!"

"집중해! 총이 너이고 네가 총인 물아일체의 경지에 도달하란 말이다!"

"예!"

체력은 물론이고 집중력까지 최상급으로 끌어올린 카미엘은 저격수들에게 K-17을 본떠 만든 저격총을 지급했다.

무려 5㎞ 밖의 적을 제거할 수 있는 저격총은 소대에 한 명씩 배치되고 지정사수들은 K—17로 훈련하고 지정사수 소총을 따로 배급받게 된다.

그렇게 되면 조금 더 유동적인 임무수행이 가능하게 될 것이다.

카미엘이 양성하고 있는 군대는 단기간에 완성된 것이지만, 그 위력은 오히려 현대의 특수부대보다 뛰어나다.

이들의 신체능력은 타의 추정을 불허할 정도이기 때문이다.

무작정 병사들을 다그치고 있는 카미엘이지만, 속으로는 이제 곧 전투에 돌입해도 손색이 없다고 판단하고 있었다.

'좋아, 이제 진군을 시작해도 되겠군.'

카미엘은 이제 슬슬 다시 북진을 시작하기로 마음을 먹었다.

*   *   *

한트가 흩어졌던 군사력을 모으는데 걸린 시간은 무려 한 달, 그동안 카미엘은 5,000대의 장갑차와 200대의 트레일러를 완성시키고 병사들의 훈련까지 마무리했다.

이제는 마도군마들을 아군 진영에 두고 자동차만을 타고 각개전투를 벌일 수 있을 정도가 되었다는 소리였다.

15개국 연합군은 무려 50만의 병력을 운집시키고 있었지만, 카미엘에게는 그리 큰 위협이 되지 못했다.

　오히려 그는 사람이 최대한 죽지 않는 선에서 전투를 마무리하고자 머리를 굴리고 있을 정도였다.

　앞으로 이 대륙을 이끌어나갈 젊은이들이 쓸데없이 죽어 나자빠지는 것은 카미엘이 원하는 바가 아니었던 것이다.

　그리하여 카미엘은 병사들이 운집한 곳을 정면으로 돌파하여 50만 대군을 포위하기로 했다.

　그는 대륙 중앙에 위치한 성체 일곱 곳을 강행돌파한 후, 병력들을 동원하여 한트를 잡기로 했다.

　부아아아아앙—!

　중앙대륙 첫 번째 성체 레빈에 올라있던 블런트 연합군 병사들은 생전 처음 보는 장갑차들의 행렬을 바라보며 고개를 갸웃거렸다.

　"저게 뭐지?"

　"움직이는 마차? 하지만 말이 없는데……."

　마차나 전차는 말이 움직인다는 고정관념을 가진 이곳의 청년들은 도무지 장갑차의 등장을 이해할 수가 없었다.

　하지만 그들은 시속 200km가 넘는 엄청난 속도로 쇄도해 들어오는 장갑차의 위용을 가까이서 보곤, 아연실색할 수밖에 없었다.

쐐에에에에엥!

"허, 허억! 저게 뭐야?!"

"빌어먹을! 성문을 막아라! 성체를 보호하는 거다!

핑핑핑핑!

화살이 난무했고, 병사들은 장갑차가 지나가는 곳에 기름을 부어 불의 장막을 쳤다.

하지만 철로 만들어진 장갑차에 화살이나 불이 큰 피해를 입힐 수 있을 리가 없었다.

부아아아아앙!

"어어, 어어어……!"

콰앙!

"크헉!"

오히려 장갑차는 속도를 높여 성문을 들이 받아버렸고, 병사들은 혼비백산하여 성벽을 내려왔다.

그러나 지금 그들이 할 수 있는 것은 딱히 없었다.

"내 칼을 받아라!"

팅팅팅!

검과 창으로 장갑차를 쿡쿡 찌르는 병사들, 장갑차 안에 든 병력들은 어처구니없다는 듯이 웃었다.

"역시, 무식이 죄라는 말이 딱 맞군."

장갑차에 탄 채로 창문을 연 병사들이 사격을 시작했다.

탕탕탕!

"크헉!"

"마, 마법 무기다! 놈들이 마법무기를 장착했다!"

"도, 도망가!"

"으아아아아아아악!"

지금 이들이 사용하는 총기가 내뿜는 소음은 아직까지 현
대전을 경험하지 못한 이들에게 있어선 두려움의 대상일 것
이다.

덕분에 제국군은 사상자가 전혀 없는 승리를 거둘 수 있었
다.

"무혈입성이군."

"축하드립니다."

"후후, 축하는 무슨. 계속해서 전진한다!"

"예, 장군!"

카미엘과 제국군은 계속해서 전진하여 성체를 끝장내기로
했다.

＊　　　＊　　　＊

카미엘의 진군속도는 루야나드에선 전혀 상상도 할 수 없
는 것이었다.

세상에 그 어떤 자가 루야나드에서 시속 200㎞이상으로 달릴 수 있다고 생각이나 했을까?

그의 군대가 진군하는 속도가 얼마나 빠르면 연합군 병사들은 카미엘이 순간이동 마법진을 고안했다고 오해할 정도였다.

카미엘은 그런 대단한 기술력을 앞세워 대륙의 북부까지 압박했다.

총 20개의 성체를 돌파한 후에 한트가 머물고 있는 연합군 사령부까지 돌파를 감행했고, 이제 그들은 카미엘의 군대에 꼼짝없이 포위를 당한 실정이었던 것이다.

아마 그가 연합군 사령부를 친다면 불과 한 시간도 채 지나지 않아서 적군은 전멸하고 말 것이었다.

하지만 그는 50만의 대군을 그대로 죽여 대륙의 발전에 저해되는 행동을 할 수가 없었다.

때문에 그는 한트라는 암 덩어리만을 제거하여 피해를 최소화하기로 했다.

늦은 밤.

카미엘과 함께 제국군 특수부대가 한트의 침소로 향하고 있었다.

파바바밧!

그들은 병사들 중에서도 가장 사격능력이 좋고 순발력이 빠른 사람들도 구성되어 있었다.

지금까지 군대가 검술 실력을 최고로 쳤다면, 이제는 총을 얼마나 잘 쏘고 효율적으로 침투할 수 있느냐가 최고의 능력이 된 것이다.

카미엘이 선발한 특수부대는 대략 150명, 그들은 전장에 필요한 지식을 모두 습득하여 실전에 투입되었다.

150명의 특수부대원들은 카미엘에게 수신호로 명령을 하달 받았다.

'너희들은 좌측, 우리는 우측, 신속하게 돌파한다.'

'예!'

사사사삭!

보폭을 최대한 좁혀 신속함을 배가시킨 특수부대원들은 카미엘이 특수 제작한 야간 투시경을 장착한 채 잠입을 시도했다.

그러나 전방에 순찰을 돌고 있던 병사들을 발견한다.

"…하암, 피곤하다!"

"자네는 이 상황에 잠이 오나? 하여간……."

그런 그들을 예의주시하던 카미엘이 후방에 있던 지정사수와 저격수에게 사격을 지시했다.

'좌, 우, 한 번에 보낸다. 실시!'

핑핑!

소음기가 달린 총에서 마나탄환을 쏘아냈고, 적군은 비명도 채 지르지 못한 채 죽어나갔다.

그제야 어둠 속에서 모습을 드러낸 카미엘은 다시 부대원들을 불러 모았다.

그는 미리 제작해두었던 지도를 가지고 병력을 나누기 시작했다.

"좌현에 병참기지가 있고 우현에 병사들의 막사가 있다. 우리는 병참기지를 지나 2층으로 향할 것이다. 그렇게 되면 나머지 병력은 이곳에서 게릴라전을 펼치며 시간을 벌어라."

"예, 알겠습니다."

"또한, 한트를 제거하고 나면 신속하게 성을 빠져나가야 한다. 퇴로를 확보하는 것을 잊지 말도록."

"명심하겠습니다."

카미엘은 병사들을 정해진 위치로 보냈고, 직접 20인의 부대원들을 이끌고 한트의 숙소로 향했다.

*   *   *

블런트 왕국의 수장이자 마지막 남은 반란군의 핵심인 한트는 이제 예순이 넘어 노년으로 접어들고 있었다.

하지만 그런 그에겐 아직도 황위에 대한 야욕이 남아 있었고, 그것은 그를 점점 힘들게 만들고 있다.

콰앙!

"젠장! 놈들이 도대체 언제 이곳까지 쳐들어 온 것이지?"

"아무래도 마법장치를 개발한 것이 아닌가 싶습니다. 듣자하니 굉음을 내뿜는 막대기를 들고 다닌다고 하더군요."

"막대기?"

"그곳에서 나온 화염에 맞으면 사람이 죽거나 다친답니다. 그리고 그들을 싣고 다니는 전차는 말 없이 달리고요."

"…터무니없는 얘기군."

"하지만 사실입니다. 아마 카미엘은 이번 전쟁을 준비하면서 칼을 간 것 같습니다. 아마 중간에 전쟁을 지연시킨 것도 그런 이유가 아닐까 싶습니다."

"빌어먹을 자식! 죽여도 죽지 않는 놈이라니……."

한트는 카미엘과 레비로스가 죽은 그 순간에 자신의 세상에 도래할 것이라고 확신했다.

그러나 그 착각은 채 2년을 버티지 못하고 무너지고 말았다.

이제는 그가 쌓아올린 모래성이 카미엘이라는 파도에 휩쓸려 사라지게 생긴 것이다.

"병사들의 사기는 어떠한가?"

"최악입니다. 탈영률이 무려 30%에 달합니다."

"젠장……!"

50만의 병력 중에 무려 15만이나 탈주했다는 것은 매우 심각한 일이었다. 그나마 남은 병력으로 과연 카미엘을 막아낼 수 있을지 의문이다.

"흐음……."

깊은 고뇌에 빠진 한트, 바로 그때였다.

쿵쿵, 콰앙!

"웬 놈이냐?!"

"버르장머리 없는 놈 같으니, 사령관을 보았으면 인사를 하는 것이 당연한 이치 아닌가?"

"카, 카미엘?!"

그는 마치 귀신이라도 본 것 마냥 아연질색하며 뒷걸음질을 치기 시작한다.

하지만 그런 그에게 자비란 통용되지 않는 것이었다.

피융!

"크헉!"

카미엘의 쏜 탄환에 허벅지가 관통 당한 한트가 중심을 잃고 쓰러지고 말았다.

털썩!

"허억, 허억! 빌어먹을 자식!"

"멍청한 놈 같으니, 너의 천하가 얼마나 갈 것이라고 생각했나? 모래로 집을 지을 수는 없는 일, 그저 백성들이나 돌보며 살았다면 이런 일은 없었겠지."

"흥! 백성이라, 그런 황제가 말도 안 되는 정치 이념이나 늘어놓나?! 공화정이라니, 말도 안 되는 소리다!"

"길고 짧은 것은 대봐야 아는 법이지."

이윽고 카미엘은 그의 목덜미에 총알을 박아 넣었다.

피융!

"쿨럭, 쿨럭!"

"잘 가라. 그리고 지하에서 영원히 잠들어라."

이제 한트는 목숨을 거두자 왕국의 2인자였던 아네스가 두 손을 번쩍 들었다.

"나, 나는 반항할 생각이 없소! 살려주시오!"

"네놈도 이놈과 한패가 아니었더냐?"

"그, 그건……."

카미엘은 바짝 얼어붙은 그의 표정을 가만히 바라보더니 이내 총을 내렸다.

"좋다. 네놈의 죄는 재판에서 묻겠다."

그는 아네스를 포박하고 한트의 머리를 잘라 나무상자에 잘 갈무리했다.

이제 이것은 왕국의 몰락을 의미하게 될 것이고, 병사들은 스스로 무장해제를 할 것이었다.

*   *   *

카미엘이 블런트 왕국의 심장부를 장악하게 되면서 전쟁은 나르서스 제국의 승리로 끝나게 되었다.

이에, 그는 군부의 수장들을 모두 참하고 이를 조장했던 전범들을 전부 죄인으로 엮어 유배를 보냈다.

이로서 대륙에는 카미엘이 이끄는 제국군만이 남게 되었고, 레비로스는 스스로 왕국을 통합하여 유일한 군주가 되었다.

레비로스는 자신이 응집시킨 왕권을 입헌군주제로 돌리고 각 나라에 의회를 구성할 수 있도록 했다.

그리고 이제부터 정당의 모든 수장들은 국민들이 직접 투표하여 선발하기로 했다.

시민들은 자신들 중에서 뛰어난 자들을 추천하여 의회로 보냈는데, 대부분은 레지스탕스나 마도병단에서 뽑혀 올라왔다.

이러한 의회 구성 중, 시민들은 황제를 대신하여 자신들을 다스려 줄 통령을 선출하자고 제안했다.

그리하여 총 20,000명의 시민 대표와 함께 카미엘이 통합

대륙 대통령으로 당선되었다.

이제는 카미엘이 속한 민주공화당이 여당으로, 나머지 10개의 당이 야당으로 구성된 의회가 성립된 것이었다.

또한, 카미엘은 입법, 행정, 사법을 분리하여 대륙을 정비하여 체계적인 민주주의를 구축했다.

이로서 시민들은 신분제에서 해방되었고, 그들 스스로 삶을 선택할 수 있게 되었다.

그리고 카미엘이 구축해놓은 대륙 중부의 산업단지는 마도학을 타고 기하급수적으로 늘어나 산업혁명을 일으키게 되었다.

이제 사람들은 카미엘을 들어 세상에서 가장 위대한 사람이라고 칭송했고, 그 권위는 죽을 때까지 이어질 것이었다.

통합대륙국의 대통령 카미엘의 당선을 축하하는 자리가 열렸고, 카미엘은 2만의 시민 대표와 국민 앞에 섰다.

그는 마나코어로 만들어진 확성기를 손에 쥔 채 연설에 나섰다.

"우리는 민주주의를 이룩했습니다. 저 역시 대통령이자 군대의 총수이기 전에 한 명의 국민입니다. 납세의 의무와 국방의 의무를 성실히 다 하고 있지요. 이것은 국가가 존립하는 가장 기본적인 요인입니다. 국민이 나라를 다스리는데, 당연히 자신의 나라를 지키고 보존하는데 힘을 써야 할 겁니다."

카미엘은 잠시 말을 끊었다가 자신의 앞에 있는 젊은 대표들을 바라보며 말했다.

"앞으로 이런 젊은이들이 나라를 이끌어가게 될 겁니다. 물론, 그 과정에서 과도기가 도래할 것이고 의견 충돌도 있을 겁니다. 하지만 이제 우리는 폭력을 동원하여 자신들의 의지를 관철시키면 안 됩니다. 그것은 용서하지 않을 것이고, 용서되어서도 안 될 일입니다. 이제 우리는 서로를 죽이는 전쟁 대신 평화로운 담화로 갈등을 풀어나가야 합니다. 우리는 형제입니다. 이 점을 잊지 말았으면 합니다."

"와아아아아아아!"

"카미엘, 카미엘!"

사람들은 카미엘의 이름을 연호했고, 그는 가만히 고개를 들어 하늘을 바라본다.

'자유의 하늘은… 맑구나!'

이제 그는 누구가 자유로운 세상을 만들기 위해 자신을 기꺼이 희생할 것이다.

에필로그

이른 아침, 온 대륙이 떠들썩하게 흔들렸다.

빰빠바바밤―!

오늘은 대통령 카미엘과 통합대륙국 정보국장 제이나가 결혼식을 올리는 날이기 때문이었다.

두 사람은 오로지 둘만의 결혼식을 올리기를 원했지만, 국민들이 그것을 허락하지 않았다.

지금 카미엘은 대륙 최고의 인기인이기 때문에 혼사 역시 마음껏 치를 수 없었던 것이다.

아마도 이 두 사람은 대륙에서 유일하게 자유롭지 못한 사람일 터였다.

신부와 신랑이 머무르는 대기실, 레비로스 일가족이 두 사람을 찾았다.

"축하해."

"고마워."

마흔이 넘어 치르는 혼사, 레비로스는 이제 슬슬 세월이 묻어나는 제이나를 바라보며 씁쓸하게 웃는다.

"이런 무심한 놈 같으니, 지금까지 제이나를 홀로 내버려 둬 나이를 먹지 않았나?"

"…레비로스, 죽고 싶어요?"

"하하, 미안! 농담일세."

제이나에게서 세월이 묻어나는 것은 그녀가 서서히 나이를 먹어 생긴 특유의 기운 같은 것이었고, 그녀의 외모는 여전히 아름다웠다.

마흔이 가까워 왔음에도 불구하고 주름 하나, 티끌조차 허락되지 않는 완벽한 미모의 소유자였던 것이다.

지금 이 시점에서 그녀는 노화가 진행되지 않을 것이다.

카미엘이 가지고 있던 마력을 지속적으로 공급받은 그녀는 마나의 영향으로 노화가 멈추어버리기 때문이다.

한마디로 지금 그녀의 노화가 멈추었다는 것, 이미 합방이 끝났다는 소리였다.

레비로스는 그런 그들을 놀리기 위해 익살스럽게 웃었다.

　"그러고 보니 제이나가 자꾸 아름다워지는 것을 보면… 벌써 일을 치렀군그래."

　"벌써?!"

　"어머나……."

　"…그, 그거야……."

　"하긴, 나이가 나이이니만큼 어서 빨리 생산 활동에 박차를 가해야지."

　"흠흠……!"

　얼굴이 붉어진 카미엘과 제이나, 하지만 묘하게 그 창피함이 나쁘지 않았다.

　이제 정말로 마음과 몸이 서로 통하는 사이가 되었기 때문일 것이다.

＊　　　＊　　　＊

　결혼식이 치러지고 있는 대륙의 중앙 공장단지.

　"와아아아아아!"

　"대통령 각하! 행복하세요!"

　열화와 같은 성원을 받으며 결혼식장으로 입장하는 부부

는 행복한 미소를 짓고 있었다.

그런 그들에게 축사를 해줄 사람은 다름 아닌 아나베르스였다.

그는 루야나드에서 가장 오래 산 사람이었고, 결혼생활을 벌써 1만 년째 해오고 있었다.

아마 가장 값진 주례를 해낼 수 있지 않을까 기대하는 국민들이었다.

"주례를 시작하겠소. 먼저, 두 사람에게 묻겠소. 결혼에서 가장 중요한 것이 무엇이라고 생각하시오?"

"사랑… 아니겠습니까?"

"그렇소. 사랑, 하지만 그 사랑은 믿음과 신뢰에서부터 시작된다오. 두 사람은 그 어떤 경우에도 서로를 믿고 의지해야 하오. 부부의 신뢰가 깨지는 순간, 결혼도 깨지는 것이오. 하지만 부부의 연이 함께하는 한 신뢰는 깨질 수 없소. 이 모든 증인들이 지켜보는 한, 절대 그렇게 될 수 없을 것이오."

"물론입니다."

아나베르스는 두 사람이 서로 손을 잡도록 지시했다.

"손을 맞잡으시오."

두 사람이 손을 맞잡자, 아나베르스는 용언으로 결박을 걸기 시작한다.

우웅우웅우웅—!

"허, 허억!"

"이, 이건……."

"앞으로 두 사람이 다른 누군가에게 연정을 품었다간 용언이 발동하여 정신 이상에 걸리게 될 것이오."

"로, 로드!"

"뭘 그리 발끈하는가? 어차피 이혼도 못하는 사이이면서."

"그, 그렇긴 하지만……."

"어찌되었건 두 사람은 이제 부부이오. 축하해주시오!"

"와아아아아아아!"

결혼식은 이렇게 끝이 났지만, 두 사람은 어쩐지 찜찜한 표정이었다.

그런 와중에 제이나가 카미엘의 옆구리를 쿡쿡 찌르며 물었다.

"잠깐, 당신은 왜 그런 표정을 짓고 있어요?"

"나, 나? 나야 뭐……."

"…오늘 혼자 자고 싶어요?"

"그, 그럴 리가 있나?! 뭐 그런 살벌한 소리를?"

"좋아요. 그럼 묻겠어요. 당신이 가장 신뢰하는 사람은 누구죠?"

"제이나."

"당신이 가장 존중해야 할 사람은?"

"아내."

"그럼 당신을 죽이고 살릴 수 있는 유일한 사람은요?"

"당신."

"후후, 좋아요. 특별히 용서해 줄게요."

"⋯하하, 고마워!"

벌써부터 아내에게 기가 잡혀버리다니, 어쩌면 카미엘에게 어울리는 결혼 생활인지도 모른다.

하지만 그러거나 말거나 새신랑 카미엘은 여전히 행복한 미소를 짓고 있었다.

『현대 마도학자』 완결

초대형 24시 만화방

신간 100%, 샤워실, 흡연실, 수면실(침대석), 커플석, 세탁기 완비

FUSION FANTASTIC STORY

미더라 장편 소설

ODD LAWYER

Devil's
Balance

괴짜 변호사
악마의 저울

『즐거운 인생』 미더라 작가의
2015년 대작!

현직 변호사, 형사, 프로파일러, 범죄심리학 전문가 자문으로
현장의 생생함을 그대로 담아낸 현대 판타지!

『괴짜 변호사 : 악마의 저울』

"제가 왜 한 번도 패소한 적이 없는 줄 아십니까?"
"……"
"저는 법으로만 싸우지 않거든요."

법의 칼날 위에서 춤추는 자들과의
치열한 공방이 펼쳐진다!

Book Publishing CHUNGEORAM

떡운 장편 소설

FUSION FANTASTIC STORY

전공 삼국지

2세기 말 중국 대륙.
역사상 가장 치열했던 쟁패(爭覇)의
시기가 열린다!

중국 고대문학을 공부하던 전도형,
술 마시고 일어나니 도겸의 둘째 아들이 되었다?

조조는 아비의 원수를 갚으러 쳐들어오고
유비는 서주를 빼앗으려 기회만 노리는데……

"역시 옛사람들은 순수하다니까.
　유비가 어설픈 연기로도 성공한 데는 다 이유가 있지, 암."

때로는 군자처럼, 때로는 효웅처럼!
도형이 보여주는 난세를 살아가는 법!

Book Publishing CHUNGEORAM

유행이 아닌 자유추구 ~
WWW.chungeoram.com